Caramel mou

DANS LA MÊME COLLECTION

DANIELLE GOYETTE

Caramel mou

roman

Guy Saint-Jean
ÉDITEUR

Catalogage avant publication de Bibliothèque et Archives nationales du Québec
et Bibliothèque et Archives Canada

Goyette, Danielle, 1957-
Caramel mou, ou, L'art de fondre pour un homme
ISBN 978-2-89455-256-8
I. Titre. II. Titre : Art de fondre pour un homme.
PS8563.O92C37 2007   C843'.54   C2007-940740-4
PS9563.O92C37 2007

Nous reconnaissons l'aide financière du gouvernement du Canada par l'entremise du
Programme d'Aide au Développement de l'Industrie de l'Édition (PADIÉ) ainsi que
celle de la SODEC pour nos activités d'édition. Nous remercions le Conseil des Arts
du Canada de l'aide accordée à notre programme de publication.

Gouvernement du Québec — Programme de crédit d'impôt pour l'édition de livres
— Gestion SODEC

© Guy Saint-Jean Éditeur Inc. 2007
Conception graphique : Christiane Séguin
Révision : Nathalie Viens

Dépôt légal — Bibliothèque et Archives nationales du Québec, Bibliothèque et
Archives Canada, 2007
ISBN : 978-2-89455-256-8

Distribution et diffusion
Amérique : Prologue
France : Volumen
Belgique : La Caravelle S.A.
Suisse : Transat S.A.

Guy Saint-Jean Éditeur inc.
3154, boul. Industriel, Laval (Québec) Canada. H7L 4P7. (450) 663-1777.
Courriel : info@saint-jeanediteur.com • Web : www.saint-jeanediteur.com

Guy Saint-Jean Éditeur France
48, rue des Ponts, 78290 Croissy-sur-Seine, France. (1) 39.76.99.43.
Courriel : gsj.editeur@free.fr

Imprimé et relié au Canada

Le caramel devient de plus en plus mou,
de plus en plus collant au contact de la chaleur…
C'est du caramel mou qui me coule dans les veines!

Guimauve

Bonbon léger. Tendre. D'un blanc virginal.
Mise en garde : Tendance à la mollasserie.

On y était.

Enfin. Nous allions nous aimer. Pour de vrai. Nous étions l'un sur l'autre. Moi dessous, bien sûr. Écrasée. Totalement sous lui. Si en dessous que je n'y voyais rien. Trop en dessous pour respirer à fond. Le souffle court. Juste assez pour suffoquer un peu trop. Mais je me rassurais. Me disais que c'était l'émotion. Là, je me sentais bien seule. Pourtant, nous étions deux. Deux ? Je tentais de m'en convaincre. Je me sentais plutôt seule au monde.

Sur une couverture de laine piquante dans un champ d'herbes hautes. Sous son haleine de piquette. Rêvant d'une injection d'hélium. Pour me sentir plus légère…

Au loin, la fenêtre de la chambre de ma mère était éclairée. Cette grande dame aux sages conseils semblait soudain si lointaine. Dis, maman, c'est ainsi qu'ils nous aiment, les hommes ? En nous écrasant sous le poids de leur plaisir solitaire ?

Ça y était, maman, j'allais donc devenir une femme. Je l'espérais tellement depuis quelques mois. À vrai dire, j'espérais aussi avoir bien plus que mes quinze ans et quelques poussières, mon nouveau chum espérait que j'avais les dix-sept ans et quatre cinquièmes que je lui avais fait croire que j'avais et ma mère espérait que je resterais toujours sa petite toupie de huit ans à peine. J'oscillais ainsi entre l'adolescente précoce et la jeune femme bourgeonnante.

C'était le début des années 1970. C'était mon premier amour. Il était si moelleux. Une vraie guimauve. J'avais décidé que je le surnommerais ainsi. Guimauve. Un amour moelleux. Une petite bedaine en prime. Confortable. L'homme presque parfait. Juste un petit peu mollasse. Comme sa main qui tentait d'explorer mon corps. C'est vrai qu'en étant ainsi étendu sur moi, il n'avait pas la caresse facile. Et il n'était pas question qu'il descende de sa position stratégique. Il comptait bien y rester. Il me cherchait sous lui. Sans trop d'efforts. Faisait semblant. Il avait le dessus. Il était dessus. En profitait. Propriétaire, déjà. Le dessert après tous ces brocolis d'adolescentes. Il n'y manquait que la cerise… croquée sur le vif.

Il devait faire vite. Faire très, très vite. Pour vivre le plaisir ultime le plus… vite possible.

Entre le manque d'assurance, de conviction et de lubrification, en quelque dix ou onze soubresauts et quart, nous l'avons fait. Lui, plutôt. Haletant. Comme un lapin à la guimauve dans un four à micro-ondes en marche. Un vrai gâchis. Il y en avait partout. Visqueux. Poisseux. Autocollant. Le mollasse avait repris le dessus. Vite. Très, très vite.

Mais il semblait si heureux. Son sourire, son plaisir, sa grande satisfaction ! Sa vierge friandise dans ma collante bon-bonnière. Il était si comblé, si satisfait. Repu, il s'est lourdement jeté sur le côté. En Guimauve chaude répandue partout. En un sourire idiot. Gaga Guimauve.

Moi, je respirais enfin. Grâce à lui, j'étais devenue une

«vraie» femme. Quel bonheur! Je savais dorénavant ce que c'était. J'allais maintenant passer le reste de ma vie, à bout de souffle, à tenter d'aimer un homme. Et tous les autres aussi. Toutefois, ça, je ne le savais pas encore. Je le saurais bien assez vite.

Or, il y avait aussi autre chose de bien pire que j'ignorais. Par le plus pur des mystères, je venais d'activer de façon irrémédiable une étrange production de caramel dans mon organisme. Un raz-de-marée innommable. Dès lors, bien que je ne l'aie compris que trop tard, j'allais dorénavant carburer au... caramel! Mes bouffées d'émotion engendreraient des variations de sa texture dans mes veines. Du collant gluant au fondant léger jusqu'au dur cassant.

Des bouffées hormonales de caramel mou!

Le lendemain, Guimauve et moi avons passé une soirée torride à une fête chez mon amie d'enfance, Patricia. À s'incendier sept fois en rafales sur la chanson *Je t'aime moi non plus* de Serge Gainsbourg. L'un dans le pantalon de l'autre. Bavant de bonheur dans les cheveux de l'autre. Sa braguette au bord du séisme. J'avais le caramel torréfié.

Plus le temps passait, plus notre étreinte se resserrait. Sa main a heurté mon sein gauche. Comme par erreur. Il se cherchait et s'était sûrement perdu. Il était empoté, mais si amoureux. J'espérais qu'il me transporte, dans un long soupir d'amour, vers notre champ dessert. Il exhalait le sucre glacé. J'étais poudrée d'amour. Tendre Guimauve. Je m'imaginais, chauffée au-dessus d'un feu de bois contre son corps moelleux. Rouler avec lui dans les Rice Krispies à la chaleur d'un brasier crépitant.

Par contre, chaque nuit étoilée a ses nuages. La musique lancinante et lascive s'arrêtait alors tout d'un coup. Comme une horde d'eau qui se déverse en trombe du ciel. La mère de Patricia venait refroidir l'ambiance avec un bon pop rythmé et des biscuits très secs avec verres de lait. Ardeur liquidée.

Après toutes ces manipulations malhabiles, Guimauve m'a finalement ramenée chez moi le soir de nos premiers slows et a déposé ses savoureuses lèvres onctueuses sur ma bouche assoiffée d'amour, grande ouverte sous mes yeux bien fermés...

Baiser suave. Ce bon goût de sucre. J'en suis devenue accro. Guimauve est demeuré collé au bout de ma langue. En plein émoi. J'étais subjuguée. Fondante d'émotion. Je transpirais le caramel à pleins pores. Je n'ai ouvert les yeux que quelques incalculables heures plus tard. Prostrée immobile devant mon miroir tout embué. Mes yeux baignaient dans le caramel! Il y avait bien longtemps que Guimauve m'avait quittée en bâillant.

Je n'avais jamais tant aimé!

Dès cet instant, je n'ai vécu chaque seconde que dans l'espoir de me rouler à nouveau dans cette guimauve duveteuse. Me sucrer toutes les lèvres de sa succulence. Mon corps tout entier à lui tout seul. J'achetais des boîtes et des boîtes de Rice Krispies. J'en comptais les grains, prostrée à côté du téléphone. Silencieuse. Comme le téléphone d'ailleurs. Parfois, ce cher Guimauve, je lui aurais aussi fait avaler l'appareil. Par moments, il me tombait bizarrement sur le cœur. Mais je m'en voulais alors bien vite d'avoir de telles pensées vulgaires. Je devais l'aimer. Comme il était. Pour ce qu'il n'était pas, mais qu'il serait sûrement un jour. Je devais être patiente. N'était-il pas mon tout premier amour? Alors, il m'était tout.

À mon cours de français, mon vocabulaire s'était enrichi de mots: Baisoter. Bécoter. S'enamourer. Jouir. Se complaire. Se vautrer. Et quand Guimauve prenait plus de trois jours à m'appeler, j'en apprenais vite d'autres nouveaux : berner, duper, entuber, feindre, couillonner…

Les bons jours, «on» n'excluait plus la personne qui parle et «on» se mettait en genre et en nombre autant que désiré. ON-ctueux. N-ON-stop. Et l'onomatopée ONh! décrivait alors mes pensées *ànepasnommer*. Puis se pointaient à nouveau des mauvais jours où «ON» n'existait plus. «ON» redevenait indéfini. C'était n'importe qui. Sauf nous. Des personnes quelconques. Des «ON-dit». Pas plus. Notre «ON» passait en dernier dans ma vie comme dans poltrON, croûtON, couillON rompONs jusqu'à ce que Guimauve m'appelle et me demande tout mollement : «quand se revoit-ON?» Et mon caramel se retrouvait à nouveau en combustiON… Tiens dONc!

Et j'oubliais qu'il m'avait trop souvent oubliée. Sur le coin d'une rue. Au resto. En baisant. Alors, dans le cours de math, tout redevenait simple : 1+1 égalait 2. Rien de plus. Pas de multiplication. Pas de soustraction. Surtout pas de division. Dans mes cours d'algèbre, je prétextais des co-sinus bloqués pour aller me reposer à la maison. Et la petite gripette que j'étais allait faire guili-guili à son Guimauve à qui elle pardonnait soudain toutes ses absences. J'avais à nouveau le caramel bien mou!

En bio, j'étudiais le cycle de reproduction des lapins. Je disséquais des lapins en chocolat fourrés à la guimauve. En botanique, je répertoriais tous les noms de bosquets où ces lapins pouvaient se cacher. En géo, je rêvais d'île déserte près d'un lagon. En histoire, je m'en inventais surtout des sucrées de belles obscènes. Puis, aux pauses, je me rendais dans la clairière derrière l'école, y découvrir les boqueteaux en compagnie de Guimauve. Preste injection de caramel nourrissant. Intraveinarde.

Et durant ces quatre années que s'est étirée cette histoire

d'amour autocollante, j'ai commencé à accumuler d'ines-
timables souvenirs. Quelques-uns que Guimauve m'avait
offerts avec tant de gentillesse. Ses coupons d'autobus délavés.
Son écharpe démaillée par ma vieille chatte de l'époque, ma
chère Boucane, qui avait l'art de ne pas apprécier mes amants.
Des poils de duvet. Et d'autres souvenirs soutirés à son insu.
Une mèche de cheveux coupée pendant qu'il ronflait. D'autres
poils... Mais aussi une photo usée d'une inconnue, tombée de
sa poche de jeans. Pour de possibles représailles...

Cher exquis Guimauve, le plus mou de la terre. Tu m'auras
portée du gouffre fade de l'adolescence aux délices sucrées de
l'adult-ère. Mais malgré tous ces souvenirs délicieux. Privilé-
giés. Ce sourire de neige. Bien qu'il m'ait fait connaître sa tendreté extrême. Malgré ce premier flot tsunamique de caramel
mou. Mais aussi à cause de cette maudite photo, j'ai eu soudain
envie de le tromper! L'immaculée carnation de Guimauve s'est
ainsi ternie un soir d'automne. Comme la texture de mon
caramel. Un soir, le Guimauve trop mou, trop cuit, s'est cal-
ciné, s'est détaché de mon cœur et s'est écrasé en flasques débris
dans le feu de ma nouvelle flamme. Parce qu'un soir...

Dans la frissonnante froidure, je l'ai vu.

Sucre d'orge.

Un sucre d'orge a prononcé mon prénom — quel beau
prénom soudain! — *en ribambelles tendres de mots enrubannés
de dentelle.* Dans ces mots-là, fraîchement sortis de sa fertile
imagination. Si suaves à mon oreille. Un peu quétaines d'accord, mais si romantiques quand même. Des délices verbaux.
Une bouche mielleuse. Mon caramel s'est déballé tout entier.
Sans aucun scrupule. Tout nu. À vif. Nature. Je me suis découvert une gourmandise soudaine pour Prévert, Baudelaire et
surtout ce Sucre d'orge poète.

Sucre d'orge

*La plus traditionnelle des sucreries
de l'histoire des confiseries. Irrésistible.
Mise en garde : Croqué, il donne mal aux dents.*

*« Je suis allé au marché aux oiseaux
Et j'ai acheté des oiseaux
Pour toi
mon amour
Je suis allé au marché aux fleurs
Et j'ai acheté des fleurs
Pour toi
mon amour
Je suis allé au marché à la ferraille
Et j'ai acheté des chaînes
De lourdes chaînes
Pour toi, mon amour,
Et puis je suis allé au marché aux esclaves
Et je t'ai cherchée
Mais je ne t'ai pas trouvée
mon amour… »*

— Jacques Prévert

Et moi, je suis allée à la confiserie et je t'ai trouvé, toi, mon amour !

Allez, mettez-vous à ma place. Dans ma peau. Surtout en plein bouillonnement de caramel. Et dites-moi comment vous auriez réagi ?

Un HOMME de sept ans de plus que moi ! OH ! Tentation ! Je dis bien un VRAI homme D'EXPÉRIENCE. Un sucre d'orge parfait. Raffiné de génération en génération. Que mes copines Jacinthe, Johanne et France regardaient avec de la bave aux bords des lèvres.

— Y est tellement…

— Ah oui, tellement !

— Ah, même plus tellement que ça, je trouve.

Elles m'enviaient déjà le prochain bonheur d'une vraie peine d'amour. J'en avais tellement envie. Il était tellement irré-sistible. Et j'ai trompé Guimauve avec lui — le bonbon maîtrisé par excellence. Apprécié, voire recherché par les grandes dents sucrées connaisseuses. Un délice au palais. Une douceur sur la langue. Une perfection de gourmandise que l'on suce et resuce avec l'ultime désir de l'avoir de nouveau en bouche. Exquisé-ment sucré. Subtilement acidulé. D'y croquer prestement quand il se fait trop craquant.

Un Homme. À la bouche remplie de mots parfumés. Dont on ne se lasse jamais.

Un Homme dans ce qui se fait de mieux. Être sublime enlaçant. Dieu de l'amour qui, lorsqu'il vous tient dans ses bras, presse avec expérience sa main droite sur votre postérieur et sa main gauche simultanément sur votre nuque. Tendresse Harle-quine et coquine. Et ce n'est pas tout. Sucre d'orge parlait, mieux encore, il susurrait s'il vous plaît. Collé à mon oreille. Moi à sa langue. Alors, quand, dans un souffle calculé, il m'a charmée de ce sublime poème de Prévert… mon caramel a littéralement fondu entre ses doigts.

Sucre d'orge l'a bouffé d'un appétit d'ogre.

Je vous raconte comment je suis ainsi passée d'une guimauve fade à ce sucre d'orge brillant.

Ce que j'ai surtout aimé quand j'allais au cégep à l'époque, c'est le p'tit café sympa de… l'université, l'Entre-Deux. S'y agglutinaient en vrac anarchistes, gauchistes, FLQuistes, marxistes, utopistes, égoïstes, artistes, je-m'en-foutistes et quelques fétichistes naissants. La piste de danse était un véritable champ de bataille. Les plus zen stagnaient. Les plus *in* bougeaient à contre-rythme. L'un se prenait pour une araignée à longues pattes promeneuses, l'autre, pour un marteau-pilon en plein forage. Parmi eux, moi, la marginale. Je suivais le rythme. Malaxant mon caramel pour parfaire sa belle texture moelleuse. Et c'est là qu'il m'a remarquée. Au cœur de cette jungle. Dans un parfum de caramel fumé. M'a humée.

«Je t'ai trouvée appétissante», m'a-t-il confié.

Comment ne pas fondre à l'effluve de si troublantes paroles?

Prévert dans sa bouche était du sucre brut. Guimauve avait le verbe mou, il faut me comprendre. Sucre d'orge était bien plus qu'un sucre de substitut. Il était l'origine des bonbons. Il venait de loin.

C'était une nouvelle dégustation. Avec Sucre d'orge, je me suis offert une orgie de mots. Je me suis littéralement alimentée à la section poésie de la bibliothèque. Assoiffée de rimes surettes. En quête d'un vocabulaire plus enrobé. Pour charmer mon beau parleur qui savait si bien mignoter mon caramel. Je me fondais dans ce nouveau moule d'amour. J'étais accroc à son croquant.

Quand Sucre d'orge se taisait, je développais vite une anémie de caramel. Il déclamait *Les sanglots longs des violons de l'automne* et mon taux de sucre montait en flèche. Je le léchais du regard, la bouche grande ouverte, la langue toujours prête à tout. Je le vénérais du haut de son piédestal. Les yeux fixés sur cet éclat de génie. Baveuse de caramel. Je carburais à la source sirupeuse de ses mots.

— Tes doux yeux verts voguent et tanguent dans les jaunes chauds et les orange pétillants d'un tendre automne.

C'était moi, ÇA !

Sucre d'orge parfait. Que je connaissais à peine. Qui me cachait encore ses meilleurs ingrédients.

Je n'avais jamais tant aimé !

Il venait de temps en temps perdre son temps en ma compagnie les fins de semaine. Venu de loin. Pour oublier son ailleurs astreignant. Pour s'oublier en moi. Les yeux au ciel, j'imaginais son refuge délicieux. Havre d'exquisité où seul l'ultime amour pouvait se cristalliser. C'était certainement pour cela qu'il ne m'avait pas encore invitée chez lui. Il doutait encore de mon amour.

Nous passions d'interminables soirées dans les bars enfumés autour d'une table bondée d'artistes. Poètes. Jongleurs de mots. Saltimbanques de la rime. Artistes de la rue dans la rue. Qui sirotaient le café-cognac que je leur payais avec mes minces pécules d'étudiante. Je tentais, jeune innocente, de comprendre en vain leurs graffitis poétiques. Coulés à grands jets de vapeurs d'alcool sur les napperons de papier tachetés. Je ne parlais pas. Je ne pouvais pas parler. Je figeais. Me fondais dans leur foule. Muette d'amour. Je ne connaissais pas leurs mots fins. Que des succédanés. Et puis de toute façon, ils ne m'écoutaient pas.

Mais je savais que j'existais lorsque mon Sucre d'orge fruité se retournait dans une bourrasque de cheveux emmêlés et me grimaçait :

— J't'aime, mais j'ai mal aux dents, on s'en va.

Bouleversant. Mon Sucre d'orge était si intensément sucré qu'il se donnait mal aux dents à lui-même. Nous nous ressemblions tellement. Mimétisme parfait. Moi, mes bouffées de caramel me tombaient si souvent sur le cœur. J'en produisais toujours plus que le client en demandait. Et j'essayais toujours de vendre ensuite mes surplus de stock à rabais au plus offrant. Quand Sucre d'orge s'effondrait dans un sommeil éthylique près de moi, je prenais son bras et je m'en entourais le corps. Pour me donner l'impression qu'il m'aimait plus qu'il me le démontrait. Si peu. Parfois, je déposais même sa main froide sur l'un de mes seins. Lui, il grommelait son mal de dents dans son sommeil. Et retirait sa main pour se frotter la joue.

Puis, avec le temps, il a eu des absences. De plus en plus fréquentes. Des bouts de paroles syncopées. Et des silences. Longs, froids, durs. Comme ce que le sucre d'orge a de plus détestable. Des regards ailleurs. D'ailleurs. Des moues de maux de dents. Et de maux de vivre. Il en est venu de plus en plus à me parler de moins en moins. J'ai trouvé le moyen d'apprendre à me délecter de ses silences. Me coller à chacun de ses soupirs. Quelques postillons de sucre. Avare de lui. Coupable de ces douleurs intenses et croissantes. En étais-je la cause? Mon caramel lui avait-il collé aux dents?

Je ne pouvais plus l'approcher: OH! Mal de dents.

Je ne pouvais même plus l'embrasser. OH! Mal de dents! Sucre d'orge avait la carie envahissante. Mon caramel croupissait de désir inassouvi.

Quand il me disait qu'il m'aimait, cela entraînait chez lui une contraction drastico-instantanée du fragile nerf de sa molaire. Tragédie. Je croyais de plus en plus que j'étais la cause de cette gangrène dentaire. Lui éviter le contact de mon caramel à tout prix. Au risque de me noyer en moi-même. En un trop-plein de caramel latent.

La première fois que Sucre d'orge m'avait sauvagement vénérée dans un délice d'extase et de Prévert, c'était sur le minuscule canapé-lit aux ressorts à boudins cassés du non moins minuscule appartement de mon amie Chantal.

La première fois qu'il m'avait brutalement lancée son mal de dents au visage, c'était sur ce même canapé. Qui n'était pas encore changé en lit. Sucre d'orge était enragé. À se craqueler de rage.

Un jeûne de glucose allait-il envahir ma vie ? Sucre d'orge repoussait mon caramel. La peur m'étreignait. Me vider les veines pour lui sauver les dents ?

J'étais terrorisée. Apeurée à l'idée de subir à nouveau l'une de ses salées crises de nerfs. Je l'ai quitté ce soir-là. Fermement convaincue de lui revenir. Après avoir débusqué les plus éminents dentistes de la planète qui pourraient le soulager. Le caramel me glaçait déjà dans les veines. J'avais du mal à me mouvoir. À ne pas m'émouvoir. J'étais crispée. À la seule idée de voir Sucre d'orge dégénérer en aigre vedette *Des dents de l'Amer*.

Mais, quelques mois plus tard à peine, sa vie a changé. Et la mienne aussi. Il est revenu un soir alors qu'il n'avait pas de place pour dormir. Sur le canapé-lit de Chantal peut-être ? Et ses dents ? Nettoyées de mon caramel ? Non, il avait découvert le clou de girofle. Ah, ces doux baisers au parfum de girofle et… de scotch. En échange d'un lit gratuit où s'endormir bien avant de m'avoir sucré la chatterie. Déjà, le parfum de clou de girofle allait me laisser un goût amer sur la langue… Je ne savais pas encore pourquoi.

Mon caramel a ramolli de plus belle. Nous avons recommencé à nous coller. De temps en temps. Quand il avait du temps dans ses passe-temps. Nous nous prenions alors du bon temps sur un banc de parc humide. Pieds frigorifiés, le caramel aussi. Néanmoins, le cœur un peu heureux. Le temps d'un soupir. Ce qui équivalait au temps passé en ma compagnie. L'hiver naissait et j'avais le caramel grisé de bonheur. Sucre d'orge était là. Parfois. Mais l'important, c'était qu'il était là.

Je n'avais jamais tant aimé !

Je fondais d'amour pour lui.

À l'attendre…

Puis, s'est pointé le jour de l'An. Moment où les amoureux sont seuls au monde. Bien souvent chacun de son côté. Moi, je n'avais que 19 ans et tout à apprendre encore de la vie et de l'amour surtout.

Le p'tit café sympa de l'université était plein à craquer de gens seuls au monde. Nous dansions sur un pot-pourri des succès de l'année. Des anges au cœur de leur jeunesse. Des ringards prenant un coup de vieux à chaque minute. Des solitaires affamés, en chasse de l'Autre à embrasser au coup de minuit. Goulûment. Avidement. Dégoûtant. Sans demander la permission. Car ce soir-là, tout était permis. Même l'interdit. Les nouveaux amoureux se brûlaient déjà du regard. En attente fébrile de ce gueuleton buccal. Les laissées-pour-compte rêvaient de régler leur compte avec une bouche qui ne leur appartenait plus depuis des mois. Y plonger avant que la nouvelle occupante ne s'y plonge elle-même. Passer avant elle, alors qu'on passe maintenant après elle. Et moi, le cœur à nu, à vif, je me souvenais. Avec nostalgie. De ce certain soir où la poésie m'avait si follement déballé le caramel et l'avait malaxé. Lisse et velouté.

Sucre d'orge était là. Mais c'était comme s'il n'y était pas. Une autre de ses absences. Récidive d'égarement. Même quand j'étais dans ses bras, il n'était pas là. Plus jamais là. Ce soir-là, il ne dansait pas. Protégeait-il son sournois mal de dents des soubresauts d'un rythme effréné ? Il m'avait dit : « Va, va danser, amuse-toi ». Jacinthe, France et Johanne étaient avec moi sur la piste de danse. Je me sentais un peu moins seule de ne pas l'avoir à mes côtés. Et lui, il écoulait les dernières minutes de cette année presque éteinte en discutant avec une inconnue. Qu'il semblait connaître. À voir ses sourires. Et ses absences de mots. Il la sucrait d'orge. En toute bienséance, bien sûr. Je dansais seule. Ils étaient ensemble.

Minuit a sonné. Les secondes se sont précipitées en une déclamation joyeuse. Je me suis retournée. Exaltée. Ses bras protecteurs sur mes épaules m'attiraient avec insistance contre lui. Enfin. Il était de nouveau là. Mon Sucre d'orge allait me ragaillardir le caramel. Ses lèvres suaves. Baveusement humides. Gloutonnes. Une spongieuse immensité... Et ce goût... Ce goût de bière, de vin, de tequila. Dans une visqueuse haleine de vieux tabac moisi de Gitanes ! En ouvrant les yeux d'horreur, je l'ai aperçu. Ce n'était pas mon délice amoureux, mais un Lui inconnu. Un regard myope et vorace amplifié par des lunettes en corne mauve rafistolées au ruban adhésif noir. Une bouche d'ogre inconnue dévorait mon caramel avec avidité.

Dans un élan de survie, j'ai réussi à retirer le malotru de ma bouche. Mais où était donc mon mal de dents d'amour ?

Je l'ai su très vite. Mamzelle-l'inconnue-qu'il-semblait-bien-connaître s'en pourléchait avec volupté. Sucre d'orge répondait du mieux qu'il pouvait à cet assaut sauvage. La nuit m'a paru soudain interminable. Mon caramel, indigeste.

Je suis rentrée seule à la maison. Sucre d'orge avait mal aux dents... encore. Et il était reparti avec un « Salut, j'vais manquer mon autobus, j'ai soudain mal aux dents ». Je n'en ai pas dormi. Un caramel dur, ça donne des courbatures. Et savoir que notre amoureux prendra un autobus à 1 h du matin aussi. Y a-t-il vraiment des autobus à cette heure-là ? J'ai plongé sous mon oreiller pour m'y répandre.

Au matin, je n'avais qu'une idée au cœur. Lui prouver mon indestructible amour. Lui redonner le goût de mordre en moi. Je suis partie en quête de la liste des plus grands dentistes du Québec. Je sauterais ensuite dans le premier autobus qui me mènerait jusqu'à lui. Quitter la quiétude enveloppante de mon minuscule appartement sherbrookois de deux pièces et demie (j'ai toujours pensé que la « demie » était le placard de l'entrée, jusqu'à ce que j'apprenne que c'était plutôt la microscopique salle de bain) pour aller le retrouver dans son mystérieux royaume du bout du monde. Grâce à une lettre, j'avais son adresse. Son *pied-à-terre de songes*, comme il se targuait à appeler ce lieu évasif dont il me parlait le moins possible.

— Un poète, ça vit partout, ça n'a de domicile fixe que dans le cœur des gens, me répétait-il quand je lui demandais où il habitait et ce qu'il faisait de sa vie. J'enseigne à Québec les lois de l'amour. Je suis professeur guérisseur des mots de la terre. J'aide les autres à dire ce qu'ils ressentent. À comprendre ceux qui ont parlé d'amour avant eux. Les grands poètes sont mes muses, les grandes poétesses, mes amusettes. Prévert, mon guide spirituel.

Je profitais donc de son erreur pour me rendre à l'adresse inscrite sur l'enveloppe de cette lettre d'amour envoyée sous le souffle de l'inspiration. Un taxi me mènerait dans les dédales inquiétants de cette ville inconnue, Québec. Vite. Pouvoir finalement le délivrer de cette tragique douleur.

Dès mon arrivée à Québec, je me suis engouffrée dans un taxi, fuyant la froidure happante de la nuit. Le trajet a été juste assez long pour que le chauffeur ait le temps de me débiter sa théorie sur les irremplaçables coussins dorsaux à billes de bois. Lorsqu'il a arrêté son véhicule devant un immeuble à prix modique, il m'avait presque convaincue. La perdition m'attendait si je n'achetais pas une telle bouée de sauvetage dorsale. J'en suis sortie épuisée. Avec un mal de dos carabiné.

Mon Sucre d'orge cachait bien son royaume des délices. Et ses meilleurs ingrédients… L'extérieur de l'immeuble était loin d'annoncer son goût du luxe, mais moi, je connaissais sa valeur. Il était si riche de l'intérieur. Si savoureux. Il prenait du temps à se laisser découvrir. Il avait plein d'amour à donner. Mais lentement. Si lentement. À déguster avec de petits lèchements amoureux et patients. Après un coup de brosse dans mes cheveux de paille, un peu de rouge sur mes joues fades, du brillant sur mes lèvres sèches, j'ai servi un noc, noc, noc puissant (je portais des gants) à sa porte.

La porte s'est entrouverte sans hâte.

Mon caramel s'est durci. J'ai eu un haut-le-cœur.

Deux gros seins me regardaient droit dans les yeux. Je ne voyais que cela. Deux gros seins débordant d'une robe de chambre à moitié attachée. Puis, cette odeur de clou de girofle. Elle empestait le clou de girofle. Et elle lui en avait badigeonné la bouche! C'était ça, son secret. Rien d'autre, bien sûr. Que du clou de girofle appliqué sur sa dent qui faisait mal. Et on oublie le mal. Le temps qu'il faut pour s'ébattre dans la bouche l'un de l'autre. Et on recommence. Clou de girofle. Ébats cochons. Clou de girofle, autres ébats cochons. Il n'avait plus besoin de moi. À cause de cela. Le clou de girofle et le caramel, ça ne faisait pas bon ménage. Et il n'avait certainement pas assez de mains pour ses seuls seins à elle. De quoi l'occuper à temps plein. La giroflette m'a dévisagée au point de percevoir le caramel me bouillir dans les veines. J'étais en état d'urgence.

J'ai foutu, tremblotante, le document de six pages sur les dentistes du Québec dans les bras de mam'zelle Giroflenl'air et je me suis enfuie. Dégoûtée de cette épice à jamais. Pendant des années, j'ai écrasé énergiquement le clou de girofle, imaginant chaque fois que c'était son crâne.

J'ai remonté le col de mon manteau. Dans un frisson de tristesse. J'ai aperçu, à travers mes larmes de caramel déconfit, le chauffeur de taxi. Adossé à sa voiture. Fumant une cigarette. Il m'attendait. Habitué d'attendre les demoiselles qui se rendaient par là…

* * *

J'ai oublié l'espace-temps. Taxi, larmes, autobus, larmes, taxi, larmes, palier, larmes, douche froide puis encore larmes, larmes, lit, larmes, larmes, larmes. J'ai alors compris les dangers que j'encourais à tomber amoureuse. Mon caramel pouvait se durcir au contact d'un froid glacial. Le froid d'un homme. Le plus glacial qui soit. Le pire. Et mon caramel pouvait se casser en se heurtant à la douleur. Se figer dans mes veines.

Cela a été ma plus mémorable peine d'amour… jusqu'à ce que survienne la suivante.

Réglisse

La meilleure est rouge. Bien fraîche, elle est très tendre.
Quand on en entame une, on la dévore tout entière.
Et on en redemande encore et encore.
Mise en garde : Très populaire. Plaît à toutes.
Avec le temps, elle peut devenir très coriace et difficile
à avaler. A le don d'entortiller la vérité.

On était en 1976. Je vivais toujours dans mon mini apparte-ment de la rue Vimy à Sherbrooke. J'avais pris l'habitude des douches froides, qu'elles soient provoquées par le chauffe-eau défectueux de mon propriétaire absent ou par mes amours réfrigérantes. Ce petit logement miniature était aussi un incon-fortable demi-sous-sol. Moins cher en ces temps de famines étudiantes universitaires. Tous les voyeurs du quartier appré-ciaient ces fenêtres plein écran, ouvertes sur les jeunes femmes en petite tenue. Un soir, alors que je m'apprêtais à faire un *strip-tease* sans le savoir à un gars posté à ma fenêtre qui avait déjà la main dans son pantalon, j'ai été attirée par le bruit de son pas sur le gravier. L'horreur. Alors qu'il me regardait comme un enfant pris la main dans le sac de bonbons, moi, j'étais accrochée à ma blouse déboutonnée refermée subitement sur ma poitrine, comme si elle pouvait m'être une bouée de sauve-tage. L'inconnu aux yeux exorbités est finalement parti en courant et moi, j'ai appelé les policiers. Un flic m'a répondu au bout du fil avec un soupir exaspéré de « pas encore une autre » :

— Faites-vous en pas, ma p'tite fille, y sont pas dangereux, tout ce qui veulent, c'est vous r'garder.

Ce soir-là, j'ai cousu des rideaux du velours noir le plus épais qui soit et je les ai accrochés à toutes mes fenêtres.

* * *

Depuis quelque temps, je traînais mes résidus de caramel dans un café intello-granola-végéto-chansonnier. Endroit *cool* où l'on refuse les cravatés, mais où bas de laine gris à rayures rouges et bottes de construction à caps d'acier sont exigés. Ces bottes étaient vachement *in* en ce temps-là. La mode était tellement *sexy*. Plus on se perdait dans nos vêtements, plus on était *sexy*. Il faut croire que les gars de cette génération aimaient bien s'émouvoir par imagination. Ils en étaient parfois surpris aussi.

C'est ainsi que j'avais appris à protéger mes retailles de caramel sous le camouflage d'une tonne de vêtements. Je m'attifais d'interminables jupes à volants aux froufrouteux jupons de dentelle. Mon amie Johanne et moi, nous étions devenues des pros de la couture. Tous les jeudis soir, je me rendais chez elle : nous avions aménagé nos machines à coudre dans son grand salon et nous cousions, nous cousions, nous cousions. En ce temps-là, tous les vêtements que je portais, je les avais cousus à la sueur de mon caramel. Nous nous échangions des patrons, nous nous faisions nos bas de robes et de pantalons, nous passions une belle soirée de filles sans crises de larmes. Ça nous faisait du bien de respirer un peu même s'il était difficile de ne pas parler « d'eux ».

— J'ai revu Claude hier, lança soudain Johanne.

— Un malheur potentiel ?

— Peut-être pas. Y a l'air gentil. Je l'aide à faire des devoirs de math. Il est retourné à l'école pour finir son secondaire et je lui donne un coup de main. Il a un beau sourire.

— Attention, on dit ça, pis on se retrouve mariée, heureuse, avec deux enfants, dans le temps de le dire.

— Ben, j't'avoue que je ferais ben des enfants avec lui. Y a l'air d'être un bon gars.

— Outche! J'viens de me piquer. Mais, Jo, peux-tu me dire vraiment de quoi ça a l'air un bon gars?

Malheureusement, Jo était incapable de me répondre… Tant pis, j'ai continué à coudre. J'aimais particulièrement ma large jupe rouge sur laquelle j'avais brodé des fleurs. Cela attirait ainsi l'attention sur autre chose que ma personne. Je tentais aussi désespérément de faire allonger mes fins cheveux d'ange blondinets qui ne semblaient pas savoir que la pousse faisait partie de leur description de tâche. Ils n'allongeaient carrément pas. Ils stagnaient sur ma tête comme le tas de brindilles d'un nid de moineaux abandonné. Je me faisais alors de courtes tresses maigrichonnes qui avaient incité très vite mes amis à m'appeler Fifi Brindacier. Quel bonheur! Je cachais mes épaules tombantes sous un immense châle beige fait de trous tricotés au crochet. L'important était de toujours porter une touche de rouge. J'aimais tellement le rouge. C'est ce qui m'a perdue.

Car c'est ce qui m'a attirée chez lui. Le rouge. Son petit côté rouge… réglisse. Je venais de lui trouver un nom.

Réglisse jouait du triangle. Petit instrument rudimentaire suspendu au bout d'un fil. Médiévalement ancien. Qui exige de son manipulateur une dextérité extrême. On y insère une tige de métal et on heurte les parois intérieures. Parfois brutalement. Parfois doucement. Avec rythme.

Et ding! cristallinait-il.

C'est arrivé à ce moment-là. En plein ding. C'était avant même que je le sache. Le son me résonnait encore en tête. Il a levé les yeux. En ma direction. Et vlan! Un ding encore! Au moment où je passais à quelques centimètres de son triangle. Je l'ai heurté maladroitement du coude et le triangle a dingné une fausse note. Réglisse m'a fixée. Trois secondes interminables. J'étais confite d'émoi. Coup de cœur. Et j'ai vu rouge. Rouge troublant. Rouge trouble. Le rouge inoubliable de ses yeux… qui se mariait à merveille avec ses Converse… rouges aussi.

J'aimais tellement le rouge!

Pour tenter de bloquer le flux de caramel qui se propulsait soudain dans mes artères, je me suis éloignée. De lui. De ses yeux. Du rouge danger. En état avancé de caramel transi qui veut sortir de transe.

Je me suis assise à trois nuages de fumée de cigarettes de lui. Commandant un jus carotte-céleri-piment-pêche-framboise. De la vitamine en quantité. De l'énergie brute. Pour mener une chaude lutte avec moi-même. Et trouver la force de combattre cette caramélite aiguë. Je contrôlais encore bien mal ces flux de caramel qui jaillissaient dans mes veines.

Vite, me changer les idées. L'éviter. Diriger mon regard ailleurs. Tiens, le jeu de ces joueurs d'échecs concentrés. En état de siège. Qui cherchaient à se piéger. Qui reproduisaient sur l'échiquier ce qu'ils pensaient de cette société nécrosée. En phase de recréer un microcosmos sécuritaire pour leurs pauvres pions prolétaires. Qu'il faisait pitié, ce pauvre pion isolé dans son coin. Il n'avait pas réfléchi à l'attaque de cette tour goinfre, représentante fortifiée du capitalisme flamboyant. Retirer ce pion de l'existence pour qu'il survive aux coulisses frauduleuses d'un monde superficiel? L'abstraire de ce monde dépravé? Ou

le jeter dans l'arène pour qu'il décide lui-même de sa destinée ?
L'échafaud de la piastre ou la libre pensée du *Flower Power* ?
Quel est le chemin du véritable bonheur ? Savourer un amour
de réglisse ou s'éteindre désucdratée de solitude ? Où en étais-
je au juste ? Je me noyais en moi-même dans un bain de caramel.

Alors que j'étais en plein cœur de ma profonde réflexion, un
jus patate-salade-poireau-mangue est venu se poser sur la table
devant moi. Et m'a éclaboussé le bout du nez. J'ai levé les yeux.
Drame. Le bleu profond d'un regard noyé dans le rouge m'a
assaillie. Irrésistible rouge. Supplice ! Rouge érotique. Rouge
réglisse rouge. Fatalité. Les dernières parcelles de caramel
étouffées en moi se sont mises à mijoter. Comment résister à
la candeur virginale de ses yeux si tendres et tant rougis par la
fumée ? Des yeux tristement fatigués. La larme à l'œil. Quel
bonheur à l'idée de leur donner des bains hydratants. En plus,
tout cet être rouge passion avait l'air si tendre. Comme cette
première réglisse que l'on sort tout juste du sac. Qui sera toujours meilleure que toutes les autres mangées ensuite. Car, elle,
elle sera la plus tendre. La plus convoitée. La délicieuse. Celle
qui passe avant les autres. Mon caramel s'agglomérait dans mes
articulations, je devais réagir vite. Réglisse m'était dangereux.

Grandement ébranlée par la débâcle de cet élan caramélys-
térique, j'ai englouti mon jus carotte-céleri-piment-pêche-
framboise et me suis levée. Quitter ce lieu de ma débauche.
Vite. Fuir. Régurgiter cette réglisse encore au bord de mes
lèvres. Avant qu'il ne soit trop tard. Avant qu'il m'entortille
autour de lui.

J'étais déjà loin quand, fermant ses yeux rouges d'indigna-
tion, il a déposé ses lèvres à regret sur le rebord de MON verre
de jus. Soupir. Il n'y a trouvé qu'un infime goût de piment,
aucune touche de caramel. Enfin, c'est ce que je me suis

imaginé. Les montées de caramel affectent parfois le jugement.

J'ai tenté de demeurer loin de cette irrésistible Réglisse. Pourtant, le temps n'a rien apaisé. Je songeais sérieusement à un traitement de « caramellosuccion ». M'évincer le caramel du corps à jamais. Mais je l'ai revu beaucoup trop vite. Au même café. C'est mon corps qui m'y a menée. Pas ma tête. Quant à mon cœur, il broutait du caramel, alors… j'étais devenue boulimique. J'ai même essayé de me mentir à moi-même. Après tout. N'avais-je pas le droit de me rendre à ce café autant que lui ? Se leurrer et se croire. Se beurrer et déchoir. J'y suis donc retournée. Sans m'écouter hurler intérieurement de ne pas y aller. Ben quoi ? J'aimais bien leurs jus macro-végéto-santé… Enfin, c'est la raison que je me suis donnée pour avoir bonne conscience. Intruse dans son propre esprit. Trafiquée par son propre corps.

* * *

Ce soir-là, Réglisse avait troqué le triangle pour la guitare. Assortis à ses yeux rouges, il portait un t-shirt et des Converse rouges. Il avait le sens du concept, le jeune homme. Et, en plus, ma nouvelle gâterie chantait. Trop bien d'ailleurs. Je m'inquiétais à nouveau de la précaire santé glycémique de mon corps. Le caramel m'envahissait déjà le système lymphatique. Je me suis assise au fond du café. Les ganglions gonflés à bloc. J'espérais. Unique espoir d'en transpirer quelques onces en partageant un délire amoureux avec lui. De quelques secondes à toute une vie. Chacune ses illusions. Mais je n'avais plus le choix. Je devais l'aimer, il devait m'aimer ou du moins faire semblant, pour que je l'aime encore plus et le pleure à un moment donné. Aimer et avoir l'impression d'être aimée. Supplication. Question de rétablir mon taux glycémique déglingué. Pour mal faire, de sucrées scènes d'amour s'offraient à moi comme les étals orgiaques d'une aguichante confiserie.

Une Louise faisait une longue tresse à son chum Réjean. Une Francine et un Gilles s'exerçaient aux nouvelles techniques du baiser macrobiotique. Un Richard expliquait à une belle inconnue comment un Verseau peut mieux comprendre une Balance si son ascendant est aussi un signe d'air. Dans un vieux fauteuil troué du coin causerie, une Julie lisait à son Guillaume le dernier recueil engagé des poèmes collectifs de ses amis cégépiens hyper-réalisto-marxo-narcissiques.

J'étais étourdie. Il y avait trop d'amour dans l'air. J'ai troqué mon sacro-saint jus habituel pour un chocolat chaud cannelle-guimauve-poudre-de-chocolat. Contrer une bouffée de sucre par plus de sucre encore. Créer un trop-plein pour me donner mal au cœur. Pour me pousser à fuir. Un brin de lucidité. Un haut-le-cœur qui me sauverait haut la main de ce danger critique.

Quelle n'a pas été ma surprise de voir que mon corps prenait plaisir à boire ce chocolat ! Je suis demeurée ainsi prostrée sur ma chaise. Collée envers et contre moi. Pire encore. Le regard fixé sur cet être dangereux. J'étais grisée de sucre.

Lorsque Réglisse a jeté son regard de conquérant en ma direction, je n'ai pu résister. Il avait les yeux si rouges de fumée que j'avais envie d'en pleurer. Mon rêve de rencontrer un homme à larmes, réalisé. J'avais le caramel conquis.

Je lui ai souri. Et il s'est précipité vers moi… euh… non… il s'est plutôt levé pour quitter le café. Rassuré. Hautain. Une réglisse convaincue d'avoir trouvé une autre demoiselle insatiable qui pourrait enfoncer en sa chair si tendre ses petites dents d'amoureuse gourmande. Et il a souri à toute la gent féminine qui faisait vitrine sur son chemin jusqu'à la sortie.

Convaincu de m'avoir aiguisé l'appétit. À moi aussi. Il n'avait pas tort. J'ai fondu illico de tous mes pores de peau. Totalement désemparée. Vidangée de caramel. Éviscérée. Avouer que cela m'avait fait du bien aurait été de la pure franchise. Mais je n'avais pourtant qu'une idée au cœur. M'y noyer de nouveau. J'aimais tant les naufrages. Refaire vite le plein. À sa source.

Je n'ai jamais bu autant de chocolats chauds guimauve-cannelle-poudre-de-chocolat. Ça se mêlait bien à mon caramel trop mou. Je dévalisais aussi les dépanneurs pour engouffrer des tonnes de réglisse. Rien n'y faisait. Ce n'était pas lui. Réglisse avec un grand R. Le seul et unique bonbon de ma fringale perpétuelle. Obsédant. Attendrissant.

Je me suis enracinée au café. D'espoir en désespoir. Je maintenais mon taux glycémique à un degré presque hystérique, mais acceptable. Mais je désucrais vite d'angoisse. Parce que ma peur de ne plus revoir Réglisse me faisait fondre littéralement. Il n'était plus là. Mon ombre traînait seule sur les murs du café. Je devenais transparente. En manque d'approvisionnement.

* * *

L'hiver 1977 nous est tombé dessus dans un fracas de givre. J'ai erré de frisson en frisson. Le chauffage de mon appartement fonctionnait de façon intermittente comme mon chauffe-eau. J'allais alors camper chez France certains jours. J'arrivais avec mon fourre-tout plein de tout et une nouvelle histoire d'amour naissante à raconter en prime. France salivait. Nous allions avoir de quoi jaser toute la nuit. Et nous passions un temps fou à nous demander comment il allait m'aimer. Comment il allait faire l'amour. Qu'est-ce qu'il n'aimerait pas de moi? Quel type de gars bizarre ce serait, finalement. Quelles astuces il trouverait pour réussir à ne pas être le gars qu'il me fallait. Puis, quand nous avions complètement terminé de créer de toutes pièces le profil complet de ce prochain ex-amoureux encore inconnu, nous refaisions ensuite le monde. À recomposer les chansons dont nous ne nous rappelions pas les paroles. À réécrire les grands poèmes célèbres dont nous avions oublié les strophes. Et nous retricotions aussi le temps à notre façon, l'engourdissant dans un nuage de pot et de fous rires excessifs et infantiles. Pour nous convaincre que la vie était drôle. Dans ce temps-là, quand nous étions bien *stones*, nous réussissions même à pleurer tellement nous trouvions soudain Barry Manilow touchant. Mais jamais, nous ne l'aurions dit aux « autres ». Les prudes qui n'écoutaient que du québécois. Nous aimions le québécois aussi. Je me souviens avoir connu chaque tonalité, chaque soupir, chaque mot des chansons d'Harmonium. J'en chantais chaque infime intonation. France et moi, nous avons dû écouter *La cinquième saison* presque tous les soirs durant cinq ans. Et nous dansions en tournoyant au milieu du salon, étourdies, les bras en l'air avec les doigts en signe de *Peace and Love*, les yeux fermés. Mangeant des pains complets dont nous avions tapissé chaque tranche de beurre d'arachides, parce que la mari faisait de nous des ogresses. Et quand il n'y avait plus de pain, nous nous assoyions par terre devant le frigo ouvert et nous grignotions ce qui pouvait y rester de mangeable. Je ne sais pourquoi, mais en compagnie de mon amie France, même le céleri mou était bon. Je me souviens avoir fini le pot de beurre d'arachides jusqu'au fond en l'ayant léché de nos doigts que nous y plongions en riant comme des gamines. Puis, il fallait bien finir par sortir de notre bulle fraternelle. Je retournais alors à mon appart congélateur et à ma Réglisse qui me réchauffait le cœur sans qu'il le sache encore.

L'hiver ne nous lâchait pas. Il faisait *bleu* dehors. Un froid intense. Un soir de poils de narines gelés. De pas qui crissent sur le trottoir. De joues qui brûlent. Un soir d'hiver québécois, quoi !

* * *

Et il y a eu ce soir-là. Frigorifiée, je me suis faufilée entre les manteaux de fourrure et les parkas de laine courant sur le trottoir. À bout de frissons. Le frimas au ventre. Je suis entrée enfin dans l'âtre de mon cœur. Mon petit café adoptif. Glacée. Gouttelettes de caramel givrées au nez. J'avais le désespoir coriace. Et un don pour l'attente innée. Un don exclusivement féminin.

À travers mes lunettes embuées, j'ai aperçu une forme venir vers moi. Mi-humaine, mi-bonbon.

La troublante silhouette m'a retiré mes lunettes. A entrepris de les essuyer avec un mouchoir. J'ai cligné des yeux. Je tentais de jauger le bon samaritain. Impossible. Je ne le voyais carrément pas. J'étais aussi myope qu'est immangeable un caramel enfoui depuis des dizaines d'années dans le sac à main d'une vieille mémé. Et mon cerveau frigorifié m'a suggéré soudain de m'évanouir de surprise. Il venait de reconnaître l'essuyeur de lunettes. Lui, Réglisse. Mais comme le message avait pris trop de temps à se rendre à mon inconscient, j'ai plutôt cru bon de lui sourire bêtement. Aussi ridicule que ça. Caramel épais. Il a posé gentiment mes lunettes sur le bout de mon nez. Y a épongé quelques gouttes de caramel dégelées. J'ai alors pu apprécier l'être ragoûtant au foyer. Un flot caramélique a envahi mon cœur. Réglisse. Appétissant. Une torsade d'amour aux effluves exquis de framboise synthétique. Aux yeux toujours aussi rouges. Enfin de retour. Mon cœur s'est mis à battre la chamade. Un choc caramélanaphylactique se pointait. Le caramel me coulait jusque sous les ongles. Au moment où j'allais me liquéfier de bonheur sur le plancher du café, Réglisse a enroulé les bras autour de moi et m'a entraînée dans un tango endiablé.

— Laisse-toi faire, a-t-il murmuré.

Oui, du tango! C'était inimaginable. Réglisse dansait aussi. Imaginez: chanter chansonnier, danser tango et avoir le cœur plus tendre qu'une réglisse quand la caissière du dépanneur vient juste d'ouvrir l'emballage! Il était parfait!

* * *

À ma première visite à son appartement, j'ai découvert la simplicité volontaire. À volonté. Dans toute sa vide vastitude. Son appart avait un p'tit quelque chose d'artistiquement très épuré. Presque rien en guise de tout. Un poêle rustique, communément appelé «annexe à l'huile» ou «truie», trônait au milieu du salon. Et surtout, bien appuyé contre le mur, un similicanapé ayant appartenu à son frère, acheté du frère de la blonde de son oncle, hérité de ses parents qui l'avaient acheté des beaux-parents d'un lointain cousin... Un canapé troué d'Histoire et d'histoires. Il n'y avait rien d'autre. C'était tout. Le strict minimum.

Ladite «truie» fonctionnait au mazout. Quand il y en avait dans le réservoir. Mais comme la dernière création de mon chansonnier n'avait pas encore percé ni le palmarès ni le cœur des producteurs, le réservoir était quasiment vide. À quelques gouttes près. Il conservait le précieux liquide pour les situations d'extrême urgence. Comme ce soir. Réglisse avait le cœur sur la main. Et de sucrées de bonnes intentions.

Ah! ce soir de février inoubliable d'un froid glacial inoubliable. En plus, la tuyauterie de la cuisine a éclaté. Le plancher de la cuisine inondée s'est glacé et transformé en patinoire. Pourtant. Quelle soirée ! Nous n'avions qu'à faire fi de cette nuit de -3000 °C sans chauffage. Sans meuble. Sans mazout. Sans personne pour nous empêcher d'être heureux. Dans cet appartement givré à la cuisine-patinoire et sur ce canapé-lit de l'âge de pierre, nous étions ensemble.

Réglisse avait le cœur si tendre. Si chaud. Il pensait à tout. D'abord, me réchauffer. Il a tenté de faire naître une flamme, aussi minime soit-elle, dans le petit poêle. Tout innocente, elle s'est mise à danser timidement au fond de la cuvette de fonte. Quel grand cœur ! Partager avec moi ses dernières larmes de chaleur. Tendre Réglisse au nez rouge. Aux yeux rouges aussi.

Ensuite, nous nourrir. Il a bravé le danger. A entrepris de traverser le plancher de la cuisine gelé entre les Chiffons J, la laine d'acier et le plat à vaisselle coincés dans la glace. A fini par trouver dans l'armoire presque vide de savoureux biscuits soda et un fond de pot de beurre d'arachides. La manne ! Me saler le caramel pour me calmer les ardeurs.

Puis, nous nous sommes recroquevillés sur le canapé-lit. Enfouis sous six sacs de couchage, trois manteaux, quatre couvertures de laine. L'un sur l'autre. L'autre sur l'un. J'ai découvert ainsi qu'on pouvait également être dessus. Quel beau panorama ! De tout là-haut ! M'enroulant autour de lui. S'enroulant autour de moi. Et nous avons fini par avoir chaud. À en suer du caramel. À en tartiner le canapé. Ça sentait le bonheur.

Je n'avais jamais tant aimé !

Avec le temps et les jours plus cléments, la glace a fondu dans la cuisine. Mon caramel se répandait uniformément en moi. Tout chaud. Tout collant. Dans tous les replis de mon corps. J'étais molle de partout. Et j'avais pris goût aux biscuits soda et au beurre d'arachides. C'était notre mets de choix.

Très vite, je suis devenue sa groupie. Mon délice d'idole. Je le suivais partout. Dans ses tournées. Par contre, quand il était fatigué, il devenait un peu plus coriace sous la dent et plus mou aux caresses. Je devais le comprendre. Je me retrouvais aussi, parfois, dans une horde de filles baveuses et hystériques au bord de la scène qui lui tendaient mains et soutien-gorge. Mais, moi, j'étais son élue. Je le rejoignais dans sa loge, après le spectacle. Quand il était là… Sinon, je l'attendais patiemment à l'arrière du bar, où nous couchions sur un petit lit de camp que nous transportions avec nous. Question d'économiser ses cachets. Je m'y endormais souvent seule. Mais nous étions si heureux. Des nomades heureux. Mon caramel en bandoulière.

De retour de tournée, nous passions de joyeuses soirées au café de notre rencontre entre mes chocolats-guimauve, nos étreintes sucrées et ses jus carotte-céleri-piment-pêche-framboise. Il était mon injection quotidienne de glucose. Réglisse souriait bien aux autres filles qui lui caressaient un bras ou autre chose au passage, mais pfff, je savais bien qu'elles se berçaient d'illusions.

Pour mes 21 ans, il m'a fait le plus merveilleux des cadeaux. Partager sa vie, son petit appartement. Son quotidien. Son désordre. Son lavage. Et le paiement du loyer. Le caramel m'en dégouttait des yeux et du nez. Quel bonheur !

Apprendre enfin à devenir le véritable stéréotype féminin dans toute sa splendeur. Une révélation. Une promotion. Devenir une vraie femme… de maison.

C'est à ce moment-là que j'ai commencé à l'aimer autrement. Au quotidien. Frotter avec amour ses chaussettes noircies. Ramasser avec joie ses pelures de banane. Jeter avec écœurement ses cœurs de pomme abandonnés sur la table du salon. Déposer avec un sourire ses jolis caleçons amoncelés sur le sol dans le panier à linge débordant. En quelques soupirs parfois. Mais je l'aimais tant. Il alimentait mon caramel. Je devais le comprendre. L'appuyer. Tout faire pour qu'il ne sèche pas. Qu'il ne se durcisse jamais de hargne et d'insatisfaction. Pauvre Réglisse artistique. Si épuisé après ses interminables soirées de *jam session*. Party de déconfiture.

Ah! Ces mignons poils de barbe tapissant le fond du lavabo. Et autres poils collés au fond de la baignoire. Réglisse était ici et là. Partout dans l'appartement. Sans être là. Trop occupé ailleurs. À apprendre à être coriace en affaires, juste assez souple pour surprendre, sachant tout de même se tenir debout. Pas facile pour une Réglisse tendre comme lui. Chaque soir, il travaillait comme ça à préparer sa future vie de star. Notre vie commune de star et… de blonde de star. Cela lui demandait beaucoup de temps et beaucoup d'absences. J'ai vite appris à l'aimer par ce qu'il laissait derrière lui. À m'alimenter au souvenir de notre seule et unique semaine en amoureux. Alors cloîtrés en bouche-à-bouche. À rêver d'inventer un module d'une pièce compact, composé d'un lit, d'un bain, d'un four à micro-ondes et d'un réfrigérateur. Éviter tous déplacements inutiles. Notre plus grand moment de bonheur de conjoints de fait. Mais je me faisais patiente. La présence de Réglisse à temps plein dans ma vie n'était qu'une question de signature de gros contrat. Il ne cessait de me le répéter. Et je ne cessais de tenter de le croire.

Le caramel s'est mis à me manquer. Rationnement. Il avait beaucoup de suites dans ses absences. J'étais de plus en plus petite dans sa vie. Avide de ses passages précipités. En coup de vent. En fin parfum de réglisse dans l'air. Humé avec rage, parce qu'en manque. Puis, m'habituer au vide. À ma solitude. Et l'espérer.

Il m'arrivait parfois de l'apercevoir quand il revenait à la maison à trois heures du matin. Dans un état second. Même un état tierce souvent. Avec ses beaux yeux rouges. J'aimais tant le rouge. Encore. Mais il les fermait vite d'épuisement. Me coupant ainsi de la seule joie de lui qui me restait encore.

J'ai tout de même continué à l'aimer. Parce que je l'aimais tant. J'étais un peu plus triste chaque jour. Pleurant sur ses caleçons rouges que je pliais à la sortie de la sécheuse. Ou sur cet emballage de fromage laissé vide au réfrigérateur. Sur ce contenant de yogourt à moitié plein traînant sur le comptoir. Avec une cuiller dedans. Et sur ce lit défait aux couvertures en champ de bataille. Je revenais de l'université et je le suivais à la trace. Les cours que j'y suivais alors en Rédaction-Recherche me servaient au moins à cela. À le « chercher » dans l'appartement qu'il semblait déserter de plus en plus. J'étais devenue la moitié résiduelle d'un couple. Femme de ménage aussi. Qu'on ne ménage pas. Déménagée par la tristesse. Même mon précieux pot de caramel que je cachais dans le panier à fruits finissait par se retrouver vide sur le tapis du salon à côté d'un sac de pain vide. Comme moi. En carence de caramel. Mais ma future star avait tant besoin de sommeil réparateur et d'alimentation revitalisante. Il ne devait surtout pas gaspiller son énergie créatrice à tout ranger. De la Réglisse à la voix doucette comme la sienne, ça ne sucrait pas les rues.

La nuit, je l'attendais. Le jour, je l'espérais. Le soir, je le ramassais. Je survivais. Avec toute la naïveté d'une désespérée d'amour. De temps à autre, il me rappelait que j'existais encore. Par des cadeaux gigantesques. Comme cette énorme plante dans un vase de terre cuite volée sur le parterre du voisin. Déposée avec fierté sur le pied du lit à trois heures du matin. Réveillée brusquement, j'ai fait se renverser le pot. Les pieds enfouis sous quatre kilogrammes de terre noire. Et il riait, riait,

riait. Un peu trop d'ailleurs. Comme pas tout à fait lui-même… Il avait trouvé cette idée si amusante qu'il a décidé d'investir la serre municipale non loin de la maison. Y a fait plusieurs escapades nocturnes. À mon grand bonheur. De sentir à nouveau ces montées subites de caramel. Cadeau après cadeau. Je me recaramélisais. L'appartement serait probablement devenu une boutique de fleuriste improvisée si la lourde pénombre du sous-sol où nous habitions ne s'était pas chargée d'anéantir cette végétation luxuriante à mesure que Réglisse se faisait le plaisir de m'en offrir. Et Réglisse se faisait plus tendre que jamais. J'avais donc bien fait de croire en lui. Il jouait au Café du Palais et faisait juste assez peu d'argent pour ne pas pouvoir payer encore sa part de loyer. Mais il en gagnerait bientôt plus. Il me demandait de lui faire confiance. Il y avait de nouveaux producteurs intéressés à sa musique tous les soirs dans la salle.

Parfois aussi, il me composait des sérénades d'amour. Assis au pied du lit. À quatre heures du matin. Avec sa guitare. Son inséparable. En plein combat avec la nuit, je tentais désespérément de vivre l'adulation que je devais lui vouer. Mon grand amour nocturne. Et moi, en manque de sommeil. Avec un examen semestriel de linguistique à affronter le lendemain. Nous n'avions pas les mêmes horaires. Pas les mêmes chansonnettes. Pas la même façon d'aimer. Pas la même vie. C'était la mienne qui en souffrait, tiens donc! L'art de ne pas exister quand un homme existe dans notre vie. Ne pas dormir pour être en sa compagnie quand il regarde le film nunuche de fin de soirée à la télé, ne pas étudier parce qu'on veut aller le voir chanter au café aux Marches du Palais, souffrir tellement de l'attendre quand il n'est pas là qu'on oublie de s'endormir. Puis, faire son examen de latin en répondant en chinois. Et réussir quand même ses études malgré cela, tout en ayant la sourde impression de gâcher un petit peu sa vie à cause de lui. Mais…

Mais je n'avais jamais tant aimé !

* * *

Les producteurs restaient pourtant froids à son génie. Si bien qu'ils l'ont poussé, par la force des choses, à s'exiler au loin. Réglisse irait courber l'échine. Pour quelques dollars. Pour survivre. Aller cueillir des feuilles de tabac dans le sud-ouest de l'Ontario. Pauvre future star. Pauvre tendresse. Obligé de s'éreinter le dos. De s'écorcher les doigts. Bien trop tendre pour ça. Se brûler au soleil. Se rougir les yeux de trop d'heures de travail. Et moi, loin de lui. De ses yeux rouge tristesse. Mais il fallait bien payer le loyer.

Mon caramel a perdu tout son doré le matin de son départ. Une journée torride de l'été. Je dégouttais de partout. Une crise très grave de pénurie caramélite pointait à l'horizon. Encore une… En déposant un baiser sucré sur mes lèvres sèches, il m'a rempli les bras de plusieurs sacs de réglisses rouges.

— Tu penseras à moi. En les mangeant.

Les moments les plus durs étaient les nuits. De quatre à six heures du matin. L'instant privilégié passé auparavant ensemble. Sommeil agité. Estomac barbouillé. Caramel terne et fade. Durci. Le désespoir de celle qui reste. De celle qui attend. L'attente est un tourment féminin. Subir encore plus les affres de son absence lorsque j'enlaçais son oreiller et qu'il ne ronflait pas. Continuer à l'aimer absent. Par habitude.

Avec le temps, je me suis rendue à l'évidence. Plus je tombais amoureuse, plus je me retrouvais seule. En éternelle pénurie de caramel. En attente. Et je commençais sérieusement à me demander si l'homme avec un grand H existait vraiment. J'avais parfois envie de douter.

Le fromage restait intact dans le réfrigérateur. À part peut-être quelques taches verdâtres ici et là. Les bactéries proliféraient dans mon yogourt. J'éparpillais mes cheveux dans le lavabo. Mes draps de lit ne s'entremêlaient que dans mes tourbillons solitaires. À quinze heures, je prenais d'assaut le facteur qui me remettait dans un sourire salé des factures, des factures et encore des factures. Pas de nouvelles, pas d'amour et surtout pas d'argent ! Je me perdais de plus en plus dans le vide de moi-même.

Question loyer, le propriétaire rappliquait toujours au début du mois avec son sourire de pompes funèbres. Et surtout, son regard de tu-sais-si-tu-peux-pas-payer-on-peut-s'arranger. Vieil escogriffe. Impensable de le laisser patauger dans le peu de caramel qui me restait. Ogre. Et je réussissais finalement à négocier un délai sans *arrangement à l'aimable.*

La première lettre mielleuse que j'ai reçue de ma friandise adorée était remplie de poils de barbe et de mots d'amour suaves. Avec une toute petite photo de son *new ontarian look* bronzé. Il portait le même t-shirt et les mêmes Converse rouges de notre coup de foudre. Mais comme toutes les autres lettres que j'allais recevoir de lui, elle était sans argent.

« N'ai pas encore été payé, gros bisou, à bientôt. »

J'ai donc payé le loyer en grattant les derniers vestiges de ma mince bourse dont la minime augmentation avait été gagnée à coup de six semaines de grève. Puis j'ai réglé les comptes avec le maigre salaire de fin de semaine de mon emploi de vendeuse de tissus. Avec le peu qui me restait, je me suis acheté du beurre d'arachides et des biscuits soda… en souvenir douloureux de notre première nuit d'amour. Je n'avais même plus le goût du sucre.

Je me suis longtemps demandé qui était à sa gauche, tout près de lui, sur la photo qu'il m'avait envoyée. La photo était minutieusement coupée. Un compagnon de travail qui avait, lui aussi, envoyé une partie de cette photo à sa blonde ? C'est à partir de ce moment-là que je me suis mise à douter de lui. J'ai plutôt cru que c'était une groupie qui aimait bien le tabac et les beaux gars.

L'automne s'est écoulé mollement. Sans liquide. En travaillant un peu plus à la boutique de tissus, j'ai pu payer le loyer, à la grande tristesse de mon propriétaire. Pour tuer le temps, je me suis liée d'amitié avec les canards de l'étang du parc Howard, non loin de chez moi. Nous partagions ensemble les fins d'après-midi et mon pain croûté. Nous avions tant en commun. De véritables complices. Nous n'avions tellement pas peur de nous mouiller que nous nous retrouvions toujours le bec à l'eau. Et nous rêvions de pays chauds. Nous étions semblables dans la démarche aussi. En déséquilibre flagrant alors que nous essayions de mettre un pied devant l'autre. Maladresse éternelle.

Ou bien je demeurais à la maison. À tourner en rond. Dans l'attente d'un appel-bonbon bidon de la part d'une Réglisse désolante. Je m'occupais à plein d'activités intéressantes. Regarder la télé et jouer au solitaire. À la solitaire. Je ne sortais plus. Pour essayer de me convaincre que je devais lui prouver que je pouvais lui rester fidèle. Et qu'il me revienne et se sente coupable de voir que je l'avais attendu, seule, moi de mon côté. Mais j'étais au bord de la défaillance. Malgré moi, j'avais répondu au sourire du voisin qui m'avait rapporté ma chatte en chaleur qui se frottait férocement sur le tapis de son balcon devant son matou au bord de la crise de nerfs derrière la moustiquaire de sa porte-patio. Des pensées obscènes avaient hanté mes nuits. Je m'imaginais moi-même me frottant sur le tapis de son balcon… Au réveil, j'en avais encore tout autant envie. Et je devenais de moins en moins certaine de la survie de cet amour profondément sincère que je portais à Réglisse du temps d'avant son départ pour cette contrée ontarienne si lointaine.

* * *

Ma Réglisse candide est revenue à la fin d'octobre. En pleine nuit, à trois heures et quart… son heure habituelle, quoi. Je me suis toujours demandé quel autobus il avait pu prendre pour arriver à cette heure si tardive. Et s'il avait plutôt fait fausse route dans tous les bars du centre-ville avant de rentrer finalement à la maison ?

Mais quand il m'a prise sauvagement dans ses bras, que ses mains écorchées ont frôlé mon corps, il a mis mon caramel en fusion presque contre mon gré. Sa bouche gourmande à saveur de réglisse alcoolisée a embrasé la mienne, son regard rouge violacé s'est plongé dans le mien, j'ai senti à nouveau jaillir en moi une vague calorifique déferlante de caramel bouillonnant que je tentais pourtant de retenir avec toutes les forces de mon pancréas. Je ne devais plus lui donner autant de pouvoir… plus autant de… Et je me noyais dans mon caramel. Comment pouvais-je avoir douté de lui ? J'avais le caramel pétrifié de honte.

Comme il était beau et charnu. Car Réglisse avait même pris du poids. Bien moelleux et rebondi. Du muscle probablement. Ce soir-là, nous n'avons fait l'amour qu'à moitié. Il n'a fait que pétrir ici et là mon caramel. Il était exténué. Je suis demeurée gluante d'attentes inassouvies. Et d'ardeurs vite refroidies. Mais, bon, il était enfin là.

Et n'avais-je jamais tant aimé ?

* * *

Un mois plus tard, il était toujours aussi fatigué et je commençais aussi à le trouver un peu fatigant. Une mononucléose contractée là-bas ? Non. Plutôt la sclérose de notre vie de couple. J'avais le caramel filandreux de partout. Translucide. Nous nous retrouvions parfois entre quatre et six heures du matin. C'était notre heure. Il avait recommencé à *donner* des spectacles. Je continuais à payer le loyer seule et de justesse. Et de rage. Il était à nouveau redevenu une absence dans ma vie. Surtout qu'il était de plus en plus en demande. Il passait des nuits à planifier sa carrière florissante. De mon côté, j'avais le caramel qui ratatinait. Il rentrait à la maison au moment où je déjeunais avant d'aller à mes cours. Il me racontait, défait, comment il avait dû refuser un contrat qui l'aurait beaucoup trop exploité. Je commençais vraiment à en avoir assez.

Puis, au moment où j'avais décidé d'exiger quelque chose — je ne savais pas quoi encore —, vlan ! il n'a fait qu'une bouchée de mon caramel. Pourtant, j'avais déjà commencé à l'emballer. J'étais alors concentrée à une étude sur l'absence du soleil dans les dessins d'enfants de mon cours de psychologie de l'art lorsqu'il est soudain apparu devant moi. En plein jour. Oh surprise ! Aveuglant. Silencieux. Les yeux hagards et rougis. Avait-il déjà dessiné des paysages sans soleil au cours de son enfance ? Il avait l'air malheureux. Étais-je son miroir en ce moment même ? Au fond de moi, tout était sens dessus dessous. J'avais du caramel fondant qui espérait l'envelopper de chaleur et du caramel de glace qui lui en voulait pour les derniers mois craquelés de mon existence.

ELLE avait besoin de lui.

ELLE était sans défense.

ELLE était au bord du gouffre.

Une pauvre MortadELLE avait besoin de lui. Il était son dernier souffle. Une pauvre petite VaricELLE pulluleuse dépendait de son sourire, de son regard, de sa présence. Une pauvre CoquerELLE ratoureuse ne pouvait vivre sans lui. Une pauvre, pauvre chatte de ruELLE poisseuse.

Moi, a-t-il dit, je savais exister sans lui. Je pouvais m'organiser. J'étais la débrouillardise incarnée, quoi! Un caramel indépendant qui savait se façonner avec doigté.

Et il a tout empaqueté. Vêtements, bibelots et chansons d'amour. Oubliant sa tasse de terre cuite que je lui avais faite avec tendresse à mon cours de poterie du samedi matin au centre culturel du quartier. Par contre, il n'a pas oublié de laisser un verre sale sur le comptoir. Trois poils dans le lavabo. Un vide nauséeux. Un amer sentiment sordide d'apesanteur. J'avais le caramel sec et racorni. Je… m'organiser… la débrouillardise…

Dans le fond, je ne pouvais lui en vouloir à ELLE. Elle ne savait probablement même pas que j'existais, elle et toutes les futures autres. Mais lui, par contre, j'ai eu toutes sortes d'envie à son sujet. De la Réglisse dans un tordeur, qu'est-ce que ça donne? Le couper en minuscules morceaux et le donner à des poulets de basse-cour pour qu'ils le picorent petit à petit. Le faire rissoler dans la poêle comme une tranche de bacon jusqu'à ce qu'il carbonise. L'étirer jusqu'au bout de mes bras pour qu'il se disloque en deux, le tordre à l'en étouffer, le donner en pâture au chien bouledogue du voisin, le jeter dans le compost puant de madame Doris la voisine végétarienne, ou sinon, pourquoi pas le manger en le déchiquetant à petites bouchées, pour l'emprisonner en moi à jamais… et l'imaginer me hurlant des excuses de l'intérieur.

J'en avais ras-le-bol de la vie et de ses hommes. Alors, j'ai cherché la méthode de suicide la plus draconienne et la moins douloureuse. Sauter de la passerelle suspendue au-dessus de la gorge de Coaticook? J'avais peur du vide. Le gaz? Ça me donnait mal au cœur. Les somnifères? Trop chers, je n'en avais pas les moyens. Finalement, au plus profond de mon découragement, j'ai choisi de terminer mes études universitaires. Et j'ai décidé de m'envelopper le caramel bien serré pour le protéger des intempestifs.

Je me perdais dans mon appartement. Un trop-plein de vide. Trop grand pour une si petite moi. Je n'avais que mes propres laisser-aller à ramasser. Je mangeais peu. J'avais une mauvaise haleine de caramel rassis. Je répandais n'importe où le peu qui restait de moi. Puis, avec le temps, j'ai pensé à remodeler mon caramel précaire. Peut-être y avait-il un moyen que je m'approvisionne seule en sucre ? Et devenir imperméable.

L'hiver a ramené ses pénates glaciales et je n'étais pas préparée à ses rafales. Je me suis refait une garde-robe complète avec des retailles de tissus de la boutique où je travaillais. Les vêtements les plus laids et les plus *kitsch* pour repousser tout bonbon amer. Et surtout, les plus douillets pour me garder le cœur au chaud. Pourtant, j'avais toujours froid. Frigorifiée. Mes canards m'avaient quittée, eux aussi. Se souviendraient-ils de moi au printemps ? Comment c'est, un cœur de canard ? Y a-t-il du sang d'homme qui leur coule dans les veines ?

Dans mes plus profonds creux de vague de caramel, j'appelais aussi mes sœurs. L'une après l'autre. Elles étaient toujours là, au bout du fil, pour me ramasser en lambeaux. J'alternais selon le besoin que j'avais. Me faire brasser pour me faire consoler ensuite, ou me faire consoler pour terminer par un brassage en règle. Diane était mon armoire à glace. Je veux dire celle chez qui je pouvais refroidir mon caramel trop fébrile. Elle me ramenait les deux pieds sur terre, alors qu'elle était, chaque fois, bien découragée de voir tout ce que j'espérais de l'amour. Micheline, elle, m'apaisait de ses tendresses verbales. C'était ma deuxième mère (pour une fille comme moi, deux mères, ce n'était pas de trop!). Elle avait toujours le bon mot pour me dire que j'étais une bonne petite fille et que c'était le gars qui était un méchant personnage. Que ce soit avec Diane ou avec Micheline, la conversation ressemblait toujours un peu à ceci. Seuls le ton et certains mots changeaient.

— C'est moi…

— Ça va pas, toi?

— Pas vraiment.

— Qu'est-ce qu'y a?

— Ben, y m'a laissée.

Micheline: — Pauvre chouette!

Ou Diane: — Ah! Franchement! Y ont pas d'allure, les hommes. Ç'a pas de bon sens de te faire du mal de même!

— …

Micheline: — Veux-tu que j'aille te préparer à souper?

Ou Diane: — Là, tu t'habilles, tu t'fais belle, pis tu t'en vas au cinéma te payer un bon film drôle pis du *pop-corn*. Oublie ça, y valent pas la peine de tant de larmes, voyons donc! Tu vaux ben plus que ça.

— …

Micheline: — OK, je m'en viens, là.

Ou Diane: — Ah Emma! T'en as vu d'autres, tu sais ben que tu vas en trouver un autre pour r'tomber en amour, pis r'tomber en peine d'amour. T'en fais pas, c'est certain, t'aimes tellement ça.

À Micheline: — Merci, t'es fine.

Ou à Diane: — Merci, t'es fine.

Et je raccrochais, bien décidée à chérir envers et contre tous le peu de caramel qui me restait au fond du cœur. M'envelopper d'un écran d'aluminium anti-machiste pour le protéger à tout jamais d'éventuels assauts mâléfiques.

Les mois ont défilé ainsi. Aussi, quand j'ai vu ce grand énergumène au béret bleu marine me sourire dans un rayon de soleil matinal à la cafétéria de l'université, je pouvais sans crainte répondre à son suave appel. J'étais entièrement immunisée. Le caramel au garde-à-fou. Je savais de quoi ils étaient capables et je ne laisserais plus jamais mon caramel à découvert.

Aucun danger. Il n'y avait aucun danger…

Jujube

Craquante friandise aux couleurs vives.
Très attrayante dès le premier regard.
Mise en garde : Bonbon qui peut laisser un arrière-goût amer.
Parfois un peu trop sur… de lui.

« C' n'est pas grave, c'n'est pas grave, c'n'est vraiment pas grave. C'est juste un sourire. Un simple et mignon petit sourire de rien du tout. Juste un sourire "Bonne journée". Un amical sourire d'un super beau gars. »

C'est ce dont je bombardais mon cerveau quand France m'a asséné un bon coup de coude pour me sortir de l'impasse dramatique où je m'engouffrais.

— Tu m'écoutes ?

Je conservais encore sur mes lèvres ce sourire idiot. En suspension dans le vide. Sourire sans conséquence. Qui allait pourtant tout changer. Ma vie. Mes résolutions. Mon caramel en douce convalescence. Même si ce grand Jujube à la démarche bondissante était déjà bien loin. Il était trop tard. Il m'avait chipé du caramel à la dérobée. Avec ses beaux grands yeux bleus perçants, il avait déjà tout vu en moi, même ce que je me cachais à moi-même. Comme ce caramel qui circulait à vive allure dans mes veines et la faiblesse de mon cœur pour la tendresse de ses gestes gracieux. Un baiser sur la joue à une fille ici, une poignée de main à un prof en passant, une tape dans le dos à un étudiant. Tout le monde semblait l'aimer. Le connaître. Rechercher sa compagnie. Toutes les filles se retournaient sur son passage et soupiraient dès qu'il avait le dos tourné. Il faisait semblant qu'il ne les entendait pas. Il cherchait celle qui ne le cherchait pas. Moi, sous son regard, j'avais baissé les yeux. Il avait souri. Il croyait que j'étais timide. Un beau défi. Moi, je voulais juste ne pas le regarder. Pour me protéger. Mais il avait gagné. J'avais eu envie de passer ma main dans ses longs cheveux noirs lustrés qui tombaient sur ses épaules. J'aimais le charnu de ses muscles, le mouillé de ses lèvres. J'avais envie qu'il fasse fondre mon caramel entre ses doigts. Qu'il me baratte. Qu'il me colle à sa peau bronzée. Sa chair onctueuse. Je n'avais pu résister. J'avais juste envie de mastiquer son jujube durant des heures. Il y avait si longtemps que j'étais affamée d'amour. Certainement... au moins trois ou quatre mois.

J'ai eu une poussée d'urticaire couleur caramel. Tourmentée, je suis tout de même revenue à la réalité. J'ai avalé les trois pois perdus dans ma soupe. Me suis étouffée avec un biscuit soda. Jamais réconciliée tout à fait avec les biscuits soda. France me regardait, inquiète.

— Ça va, toi ?

Elle semblait anxieuse à l'idée que de nouvelles pensées suicidaires me hantent à nouveau. Elle n'avait pas si bien prédit l'avenir. Les oreilles me frétillaient de plaisir et les orteils, de désir. Mon cœur échafaudait déjà un passionnant confit d'amour nappé de caramel.

* * *

Le lendemain, au beau milieu d'une discussion endiablée avec mon équipe du cours de littérature sur les pensées avant-gardistes de madame Bovary concernant ses désirs charnels, un béret bleu marine a atterri sur la table. Tout près de moi. Juste là. Sous mes yeux. Pétrifiée, je me suis cramponnée à la discussion.

— Elle pouvait pas faire autrement. Se suicider était sa seule solution !

— Depuis quand t'es d'accord avec la Bovary, toi ? m'a lancé France, estomaquée.

— Depuis deux minutes et 17 secondes.

Les QUOI ? désarçonnés de mes compagnons ont confirmé l'ampleur de mes dégâts verbaux causés par l'apparition soudaine de ce béret dans ma vie. Tout prenait une couleur caramel. Leurs yeux. Leurs sourires. Leurs dents. Leurs points d'interrogation face à mon air hagard. Le caramel me sortait des oreilles. Des sinus. Me mouillait même la petite culotte. Une soupe ! Vite une autre soupe ! Question de me rattacher une fois de plus aux vraies choses de la terre. Et quelle ne fut pas ma surprise de constater qu'il y avait de la délicieuse soupe aux pois au menu. Comme hier.

À mon retour à table, le béret avait disparu. Le caramel a sursauté dans mes veines. Et j'ai senti monter en moi cet amer gargouillis réprobateur : « Ah oui ! Rien qu'un sourire hein ? » suivi de ce long soupir mélancolique traduisible par « Que vas-tu faire maintenant ? ». Gloutonne d'amour. Volupté veloutée.

Je me suis assise à ma place habituelle. Avec ma soupe aux pois où ne baignaient que trois minuscules petits pois. Le regard fixé sur l'un des pois. Pendant que les autres relisaient théâtralement, pour la énième fois, le suicide historique de cette chère Emma Bovary. Me surveillaient du coin de l'œil. Ils étaient inquiets. France me caressait même légèrement le bras avec tendresse. Elle se doutait d'un danger imminent. J'avais tout l'épiderme couleur caramel. Pour eux, j'avais l'air malade. Pour moi, mon cœur l'était redevenu. Célèbre suicidaire amoureuse dans l'Histoire du monde. Comme Emma Bovary. Opter pour le goût du caramel sur la langue plutôt que celui de l'arsenic. Même descente aux bonheurs de l'enfer.

— Relire ce passage-là va juste me confirmer qu'elle a fait la bonne chose, ai-je lancé. Sinon, il fallait qu'elle continue à passer d'un homme à l'autre. C'est pas une vie ça !

En guise de réponse, je n'ai entendu qu'un chœur de soupirs découragés.

Trois ou quatre minutes au moins avaient passé. Déjà sans nouvelles. Je m'inquiétais. Et s'il m'avait oubliée ? S'il ne savait pas que je l'aimais déjà sans le savoir moi-même ? Alors que je désespérais, l'un de mes copains de classe m'a tendu un bout de papier.

— C'est un gars bizarre au béret bleu marine qui m'a dit de te donner ça.

J'ai ouvert la note.

« Bonne journée, à demain », signé « le marin ».

Mon cerveau a effectué trois vrilles avant et un saut périlleux arrière sous ma calotte crânienne alors que mon cœur s'engluait dans le meilleur caramel fondant que j'avais produit à ce jour. Jujube connaissait l'art de sucrer le bec. Ce bonbon onctueux savait tout autant déferler sur l'océan féminin en coup de vent salin que s'échouer sur le haut-fond de caramel que je venais de lui construire à grands coups de clins d'œil gnan-gnan.

Finalement, madame Bovary avait peut-être bien fait de se suicider. Au lieu de choisir cette voix meurtrière qu'est l'amour. Mais je ne le saurais jamais. Je préférais me mort-fondre… La discussion entre mes compagnons sur les actes de madame

Bovary s'envenimait maintenant. À l'instar de celle qui se passait dans ma tête entre moi... et moi.

— Je pense qu'elle a bien fait, a déclaré l'un de mes copains de classe.

— Non, c'était de la lâcheté. À la place de faire face à ses dettes et à son mari, a lancé une autre copine.

— Son mari était un bon à rien, un médecin médiocre, elle avait de quoi s'ennuyer et avoir envie de romance, surtout à cette époque-là où il y avait pas grand-chose d'autre à faire.

— Ben c'est ça, a coupé un autre copain de classe du groupe, parce que son mari est pas le meilleur médecin au monde, madame peut se permettre d'aller baiser ailleurs.

— Pour une fois que c'est pas l'inverse. Vous autres, les gars, vous êtes tellement vites sur la baisette dans le dos de vos blondes habituellement!

J'écoutais mes compagnons sans les entendre. Je ne faisais qu'acquiescer à leurs propos, le cœur dans le vide.

— Emma, oh toi qui portes le nom de notre héroïne (dit sur un ton héroïque), qu'est-ce que t'en penses? Toi pis tes histoires d'amour tordues, a renchéri mon amie France.

— Euh... avez-vous goûté à la soupe aux pois aujourd'hui? Elle est aussi bonne que celle de la semaine dernière, pis celle de la semaine d'avant. Elle goûte tout à fait la même chose. J'pense que le cuisinier connaît seulement cette recette de soupe-là.

— Emma! Tu m'écoutes pas! Hé, tu serais pas retombée amoureuse encore? s'est inquiétée France.

Ma soupe refroidissait. Mon caramel s'activait frénétiquement. Raz de marée. Ressac. Remous. Mascaret. Tsunami... France avait tout saisi. Elle était mieux de sortir la bouée de sauvetage.

Le vent du large m'appelait. Le caramel salé a toujours été

le meilleur sur le marché des gourmands. Je le savais. M'y préparais. Je sentais déjà l'air salin me vitaliser les poumons. Les vagues écumeuses caressaient mes chevilles… mes genoux… mes cuisses… oh! 13 h 30! Mon examen de grammaire corrective allait y passer si je continuais à braver mes mers intérieures caraméliques et à mastiquer mon Jujube virtuel.

La petite missive a pris place dans mon précieux carnet bourré de mes pensées existentielles profondes. Et de photos d'Al Pacino. Et de Claude Dubois. Et de lettres assoiffées que je ne leur avais jamais envoyées. Puis j'ai attaqué mon examen. Barbouillée et embrouillée. En même temps que j'accordais mon troisième sujet avec sa 6ᵉ proposition relative, je divaguais au rythme berçant d'une aventure merveilleuse. Je m'imaginais voguer sur le radeau spongieux d'un jujube bleu de mer aux yeux bleus de ciel. Je rêvais déjà de longues croisières en eaux troubles avec mon marin d'eau douce au cœur tendre.

* * *

Le lendemain, au moment où je me dirigeais vers la cafétéria, histoire de renouer avec la soupe aux pois et d'oublier mon cours de grec qui me faisait perdre mon latin, j'ai aperçu un superbe galion bleu se garer entre deux petites R5 de l'âge de pierre. Quel contraste. Bon, d'accord. J'exagère un peu. Le superbe galion était une Jeep. Duquel est sorti, dans une bruine mi-saline mi-sucrée, mon Jujube à la peau satinée. Du haut de ses six pieds et de ses yeux bleus, il a déferlé vers moi avec tant d'assurance que je me cachais de désespoir derrière Louis et Patrick, deux copains étudiants, qui s'embrassaient goulûment sur un banc de parc. Drame. Tragédie. Catastrophe! Je ne m'étais pas lavé les cheveux ce matin-là. Qu'il me voie me noyer dans une mer d'huile? Non, jamais!

Ouf! Il ne m'avait pas vue. De sa démarche légère, ma longue friandise gélatineuse s'éloignait. Spongieux. Souple. Léger. Je rêvais de le mâchouiller pendant des heures. J'ai sorti une feuille de papier. Lui ai écrit en tremblotant : « Que diriez-vous de voguer en vagues folles sur l'automne avec moi ? » Et j'ai déposé ma requête sous l'essuie-glace de sa Jeep. Bien collée d'une touche de caramel.

Lorsque, le lendemain, doux Jujube s'est assis devant moi à la cafétéria, je me suis étouffée avec le deuxième pois de ma soupe… Oui ! Encore aux pois. Mon caramel s'est épaissi. Une vraie pâte amoureuse. Dans un demi-sourire sensuel, ses lèvres appétissantes m'ont murmuré :

— Là, maintenant ?

Le troisième et dernier pois de ma soupe est mort de froid. Abandonné là. Tout comme une partie de moi-même d'ailleurs. L'essentiel. La partie rationnelle. Nous sommes disparus dans son vaisseau-fantôme. Portés par la marée montante de mon caramel. Collée à lui. Collé à moi. C'était merveilleux. Ne pas parler parce que nous n'avions rien à nous dire. Ou parce qu'il n'avait rien à me dire. Le silence des premiers instants. Le silence du désir. Le silence du bouche-à-bouche. Sucrés jusqu'aux fosses abyssales.

L'automne a pris des couleurs féeriques. Une saison arrêtée dans le temps. Frissons dans le dos et chaleur au cœur. Les orange et rouges des feuilles se mariaient à merveille avec le bleu étincelant de ses yeux et le suave parfum surette de son bonbon moelleux. Tout dur à l'extérieur. Si tendre à l'intérieur. Nous jetions l'ancre dans la belle campagne paisible de North Hatley. La proue vers le lac Massawippi. Tout en haut d'une butte. Au sommet de notre amour. Avides de prendre le large. Le goût tenace de l'aventure sur la langue. J'étais son caprice, il était ma sucrerie. Nous aimions nous dévorer des yeux. J'avais le caramel flagada. Il était le jujube le plus ferme que j'aie mangé. J'adorais lorsqu'il tentait de dégrafer mon pantalon et qu'il en arrachait le bouton d'impatience. Jujubilation.

Nous parlions peu. Plutôt pas du tout. Nous avions trop à faire. L'un dans l'autre. L'un sur l'autre. Le jujube bien spongieux. Le caramel bien pétri. Il m'a fait fondre pendant des jours et des jours. Il ne savait rien de moi. Je rêvais de tout savoir de lui. Mais je me taisais. À vrai dire, il me faisait taire avec sa bouche sur la mienne. Pourquoi partager des mots quand nos corps se parlaient si bien. J'avais le caramel coulant de bonheur comme un rhume en hiver. Comme la sève au printemps. Ou la sueur en canicule estivale. Et bien des questions en tête.

Je n'avais jamais tant aimé !

J'ai appris quelques petites choses sur lui. Pour mieux comprendre ses absences. Je posais trop de questions, disait-il. Alors, il parlait. Peu. Surtout pour me faire taire. Il enseignait l'ultime navigation des connaissances au cégep. La philosophie. Il ne cessait de me répéter à quel point ses cours demandaient beaucoup de préparation. De semaine en semaine. Très occupé. Des marées de choses à faire. Et beaucoup de temps à accorder à ses étudiantes. Question de s'assurer qu'elles sachent bien naviguer en mer. Dans ses autres temps morts qu'il ne pouvait m'accorder, Jujube faisait aussi le clown candi. Pour vrai ! Il chantait. Faisait l'acrobate. Et amusait les jeunes filles. J'espérais déjà ma date d'anniversaire, qu'il ne connaissait pas encore, afin de jouir de ses délicieuses acrobaties.

Mais un jour, la tempête s'est levée et notre navire a chaviré. Comme ça. Parce que j'avais décidé d'aller lui faire une surprise après l'un de ses spectacles rigolos. Je suis tombée sur deux étudiantes qui l'aidaient à changer de costume. J'en ai eu le caramel givré. Coulé à pic. En état de choc une fois de plus. J'avais marché le vent dans le dos et n'avais rien senti venir. J'ai baissé les yeux. Suis sortie de là. Le caramel en rage. Juste avant que je claque la porte, il m'a lancé avec toute la candeur du monde :

— Mais quoi ? On s'amusait bien ensemble, non ? On se voit demain comme prévu, quand même ?

Les jeunes étudiantes ont éclaté de rire et lui ont enlevé sa chemise. J'ai longé le long corridor sombre. Assaillie par l'idée de le déchiqueter à l'instant. Une seule convive à table ne lui suffisait pas.

Je crois que Jujube ne s'est même pas rendu compte que je suis sortie de sa vie. Probablement que, de toute façon, pour lui, je n'y étais jamais entrée. Ses ports d'attache étaient probablement tous peuplés de jolies filles qui espéraient poser leur bouche sur sa peau sucrette. Ses étudiantes. Des étudiantes. Des goélettes à chaque détour d'un regard. Pourquoi baisser les voiles, quand un regard bleu et des mains agiles nous accostent sans cesse sur de nouvelles îles inconnues ? Les nuits suivantes, j'ai fait un cauchemar récurrent. À son insu, je déposais des glucophages dans son pantalon. Disparition souffrante de son bonbon acidulé. Pfff ! Finie la proue du navire de monsieur ! La-la-la-la-lè-re.

J'ai remisé mon caramel au congélateur. Me suis remise aux biscuits soda. Et j'ai recommencé à douter de moi. Par habitude. Parce que c'était ce que je connaissais le mieux. La déroute. La poisse. L'indigestion. La crise de foie.

Je m'observais de plus en plus dans le miroir. Matin, midi et soir. La nuit aussi. Sans sommeil. En quête de lumière au bout de mon tunnel. Dans l'espoir d'un caramel clair. Un petit bouton insignifiant au sud-ouest de ma narine droite prenait des proportions astronomiques. Mes yeux gonflés de larmes imitaient les immenses protubérances oculaires d'un crapaud enrhumé. Pourquoi avais-je autant de gencives et si peu de dents ? Il valait mieux cesser de sourire pour éviter de les montrer. Pas difficile. Par habitude aussi. Parce que c'était ce que je savais faire de mieux. Le rien quotidien. Mon caramel glacé et malheureux ne demandait pas mieux. Reclus au froid. Mes cheveux tombaient inlassablement. Se faisaient rares. À l'idée de les compter, je me rétractais. De peur d'y arriver. Et ce cou… long… si long… Tuyau de poêle. Héron. Boa constrictor. Si long à en perdre la tête tout là-haut. Et mes mains, si démesurément fluettes et squelettiques. À en transpercer le bout de mes gants d'hiver. Quant à mes pieds. L'horreur suprême. La psychose des magasins de chaussures. C'est impossible, des pieds aussi mal foutus ! Quand le millionième commis aux dents brochées tente de vous entrer le pied dans une botte minuscule… Quand vous voyez dans ses yeux qu'il rêve de vous couper deux pouces d'orteils… Et que dans un sourire niais, il vous dit ce que vous avez entendu des millions de fois :

— T'sé, tu peux t'jours porter les boîtes, ça s'rait parfâ !

AH ! Le voir avec un talon aiguille enfoncé dans une narine. C'était bien simple. J'avais les pieds aussi longs que ma douleur de vivre. J'étais à plat. Carence de glucose, de saccharose, de sucrose, de fructose. Un ras-le-sucre généralisé. Traumatisme hypoglycémique. J'ai même décidé de me saouler au sel. Mais soudain, cet aigre goût de la mer m'a rappelé un certain Jujube poisseux. Plutôt le jeûne que cela.

Et c'était l'automne qui s'amenait. Je savais que j'allais devoir supporter une fois de plus cette période, scellée sous vide. Car j'étais impossible à aimer… à l'automne.

J'ai appris, avec le temps, que je devais m'abstenir d'histoire d'amour à l'automne. À vrai dire du mois d'août au mois d'octobre. Le temps de la fièvre des foins. Parce que j'éternuais. Parce que mon principal passe-temps quotidien était d'éternuer sans crier gare. Dans un éclat d'achstrouph bruyant. Incontrôlable. Viscéral. Et humide. Alors, dans ce temps-là, je fuyais les face-à-face. Antihistaminiques, me direz-vous ? Le résultat final n'était pas plus jojo parce que je me sentais alors tellement gaga. Je faisais partie des 0,00001 % des humains qui ressentent les 0,000001 % des effets secondaires possibles provoqués par l'un ou l'autre des médicaments. Alors, je les évitais. Je préférais les produits naturels, sans effets secondaires et sans trop d'effets non plus. Mais j'y croyais. Bien que cela ne m'empêchait pas d'éternuer. Alors... Pourquoi j'essayais de ne pas tomber amoureuse dans le temps de la fièvre des foins ? Parce que lorsqu'un éternuement se précipitait dans mon nez et dans ma bouche, il se pointait avant même que mon cerveau ne le sache encore. Je n'avais pas eu le temps de prendre un papier mouchoir, pas eu le temps d'avaler la bouchée de lasagne végétarienne, juste le temps de mettre ma main devant ma bouche et... d'éternuer dans une éruption volcanique de tomate. Ce n'était pas une très bonne façon de séduire le gars assis en face de soi. Alors valait mieux éviter les soirées romantiques durant la période du rhume des foins. Et survivre, étouffée par cette plus grande solitude engendrée par ces éternuements sans fin.

Puis, quand mon nez se calmait, mon éternel problème resurgissait de plus belle. Carence de glucose, de saccharose, de sucrose, de fructose. Il fallait trouver de l'amour à bas prix au plus vite, question de tenir à flot.

* * *

Le temps passait et me passait sur le dos comme un train qui oublie de s'arrêter en gare. Je me trouvais vieille avec mes 23 ans ridés. J'ai alors cherché à être le moins seule possible pour ne pas être confrontée à moi-même. Dans l'espoir d'oublier que je n'étais pas deux depuis si longtemps. Nous étions au début des années 1980 et je traînais de plus en plus dans les bars remplis à craquer de Sherbrooke, ma ville d'adoption. Pourtant, plus il y avait de gens, plus je me sentais seule au monde. Et immonde.

J'aimais bien les cafés-concerts. J'appréciais particulièrement la foule bruyante du café La Grand'Mère. Des musiciens de tout acabit venaient y laisser mourir leurs notes. Et s'y érailler la voix. Marécage moite. Si sombre. Plaisir noir de mariner dans une ambiance enfumée. Alcoolisée. L'espoir de prendre au jeu de la pénombre un être qui ne discernerait pas les traits repoussants du monstre esseulé que j'étais. Éviter d'ailleurs le plus possible la salle de toilette, placardée de miroirs. La peur de devoir affronter la trop vile réalité. Comme cela devenait parfois nécessaire, j'avais développé une technique particulière du refus de moi-même. En me lavant les mains, je n'observais dans le miroir que le reflet des filles d'à côté qui, elles, s'admiraient en beauté. Un spectacle inimaginable d'acrobaties cosmétiques. Épandage démentiel d'ombres à paupière. Dessin disproportionné au rouge à lèvres cramoisi des lèvres mégapulpettes. Ébouriffement théâtral de la volumineuse crinière blond platine délavée. La scène nourrissait bien l'oubli de ma propre horreur.

Moi, je n'étais pas une fille comme les autres. C'était même à se demander si j'en étais une vraie avec la définition qu'ils en faisaient dans les magazines poupounes.

Je crois bien qu'il me manquait un chromosome de fille.

Même que j'en suis certaine. Jacinthe, Johanne et France, mes fidèles copines malgré bourrasques et marées, aimaient tellement aller magasiner que cette activité faisait partie de leurs sorties, préliminaires essentiels avant d'aller traîner dans les bars. Comme une joyeuse obligation. Moi, je détestais magasiner. Mais parfois, j'y allais. Quand même. Pour être avec elles.

— On y va jeudi soir, OK?

— Pourquoi pas samedi? Il faut que je renouvelle ma petite garde-robe d'été. Je vais avoir besoin de plus de temps. J'ai vu des belles petites robes à petites bretelles avec des petites fleurs.

Pourriez-vous me dire pourquoi tout est si petit au Québec?

— T'as vu la belle petite voiture rouge?

— Allo, tu vas bien, tu habites toujours dans ta p'tite banlieue?

— Je te donne un p'tit coup de fil, promis.

— On pourrait s'arrêter un p'tit moment au resto avant.

— Une petite pointe de tarte avec ça?

— Comme tu as un beau petit portefeuille.

— Alors, on y va faire nos p'tites courses?

— Je voudrais essayer ces beaux petits souliers-là.

— C'était un bon p'tit film hier, hein?

— Avec un beau p'tit acteur.

— Moi aussi, j'ai un p'tit faible pour lui.

— Regarde ces petites-là comme elles sont belles!

— On peut aider la p'tite madame?

Rien de mieux pour me faire sortir de mes divagations sur les petites choses… Surtout quand ça sortait de la bouche molle d'un jeune vendeur de chaussures bien bedonnant. Puis, comme moi et les chaussures, nous étions loin de vivre une belle histoire d'amour… j'achetais n'importe quoi sauf ça!

— Je cherche un chandail, lui répondais-je à ce moment-là.

— C'est qu'on vend des… chaussures, ici, ma p'tite dame.

— Oui, je vois bien, mon p'tit monsieur. Mais vous devriez peut-être vous recycler dans les gros chars !

Et je sortais irrémédiablement de la boutique en rogne. Je laissais là mes trois amies en train d'essayer TOUTES les petites nouveautés fraîchement arrivées. Elles ne se rendaient même pas compte de mon absence à leur côté. C'étaient tellement de bonnes amies ! J'entrais chez Woolworth juste à côté. Je choisissais un t-shirt. L'avais vite essayé. Achetais toutes les couleurs qu'ils avaient de ce modèle en magasin. M'enfuyais chez moi. Les filles n'avaient pas encore remarqué que je n'étais plus là depuis une petite demi-heure, perdurant dans leurs papotages interminables de féminitude exacerbée.

— Ah, t'as tellement de beaux p'tits pieds toi, Jacinthe.

— Ah merci, je crois que je vais prendre ces petits bleus-là, puis les petits noirs aussi, ils seront un bon p'tit passe-partout.

J'étais déjà revenue à la maison. Avais déjà enlevé les étiquettes de prix sur mes huit t-shirts. Elles n'avaient pas encore fini d'essayer leurs nouvelles petites chaussures. Vous l'ai-je dit ? Il me manque vraiment un chromosome de fille. Et de « p'tite madame » aussi.

Puis, le soir même, je les retrouvais à nouveau, dans la jungle nocturne enfumée d'un bar à tenter d'y délayer ma flasque personne. En supposée fille.

Il y avait un solitaire assez original qui hantait le café de La Grand'Mère. Il demeurait durant des minutes debout, bien droit. Le visage impassible. Jambes écartées. Le corps raide. Il fixait soudain quelqu'un. Après un rapide mouvement circulaire de sa main droite dans les airs, il pointait finalement cette personne du doigt. Lui souriait béatement. Si l'autre ne répondait pas à son sourire, il baissait les yeux comme un enfant puni. Il sortait parfois de la poche intérieure de sa veste une cigarette froissée qu'il allumait dans un geste extravagant, composé des mêmes mouvements circulaires. Il la pompait avec vigueur. Enfumait avec excès un client ahuri. Le fixait bien dans les yeux. Sans broncher. Il se retournait ensuite brusquement et faisait de même avec un autre. Jusqu'à la fin de sa cigarette. Personne ne réagissait. Tous l'observaient avec curiosité. Il était étonnant de différence. Fascinant. Un clown triste à mourir. Seul dans un monde rempli d'indifférents. En quête d'attention.

Il s'enivrait aussi. Et parlait alors un dialecte incompréhensible. Une enfilade de monosyllabes. À une cadence étourdissante. Sans arrêt. Puis, à bout d'histoires impossibles, à bout de mots inventés, il posait tout à coup sa tête endolorie sur l'épaule du barman René. René prenait un instant pour le consoler en mots sereins avant de le pousser dans un taxi. Une fois de plus. Ce pauvre énergumène faisait partie du décor. Nous avions tous pris l'habitude de ses extravagances. Il agrémentait l'ambiance. Sa solitude peuplait la nôtre. Y mettait un peu de piquant. Nous l'aimions malgré lui. Malgré nous. Puis, un soir, il n'est pas venu. Et un autre soir. Et encore un autre. Il n'est jamais revenu. Nous nous sommes tous alors sentis un peu plus seuls.

De mon côté, j'ai fini par comprendre que je devais sucer tous les bonbons qui me tombaient sur la langue. Aussi insipides soient-ils. Goûte que goûte. Question de garder mon caramel à flot. Seule survie possible. Au café La Grand'Mère, j'ai fait la connaissance d'une belle confiserie de chansonniers appétissants. Ils semblaient en appétit eux aussi. Des collectionneurs. Comme moi. J'ai trouvé à remplir ma bonbonnière d'une multitude de petites extases sucrées. Le plein de sucre brut. Sans fioritures. Tout allait bon train. Comme on remplit de bonbons à cinq cents un petit sac en papier brun au dépanneur du coin.

Je m'étais bien emballée le cœur. Pour ne pas qu'il s'emballe. Faire le plein sans faire le vide. Siphonner toute tendresse possible. Fermer les yeux. Ouvrir la bouche. Sucer. Surtout faire semblant. Pour faire vrai. Pour en avoir plus que l'on en a besoin. Pour vider monsieur de tout ce qu'il y a de bon en lui. Une nuit. Une heure. Le temps des jeux de l'amour.

Le cœur clair. Transe-lucide. Sucre artificiel. Mais du sucre tout de même. Sans danger pour l'âme.

Tout se passait bien depuis au moins un an. J'étais fière de cette maturité acquise alors que je n'avais que 24 ans. Quelle femme idéale j'étais devenue. Je cueillais enfin les hommes comme on prend des bonbons à la sauvette en passant près du comptoir de vrac d'une bonbonnière. Tout allait tellement bien. Je ne me souvenais que de ce petit goût suave qu'ils laissaient sur ma langue. Et mon caramel s'affermissait. Une bonne texture. Même s'il y manquait toujours quelque chose. Ce petit parfum raffiné exclusif. Parfum d'amour. Chutttt! Fermer les yeux, ouvrir la bouche et sucer. Tout le sucre du monde. Ne plus se noyer dans l'amer. Et pourtant.

Malgré le papier de protection thermique bien épais qui m'enveloppait le cœur, celui-là, je ne l'ai pas vu se coller à moi. Il avait tant besoin de soins. Et éveilla mon petit côté ambulancière Saint-Jean. Ses lèvres si rouges. Irrésistibles. Mon attrait du rouge allait me trahir encore une fois. Ses lèvres étaient atrocement tuméfiées par le frottement incessant de sa musique à bouche. Lubrification nécessaire. Pour guérir. Pour le guérir de toutes ces soirées à répétition à jouer des heures de cet instrument harassant. Donc, se revoir. Se lubrifier ensemble. Y prendre goût. Se lécher les lèvres sans cesse. Et se sentir soudain le caramel qui veut exploser de partout.

Ce fameux soir-là. C'était fatidique. Un soir enfumé. Velouté. Aromatisé de mon caramel qui transpirait. J'étais un peu ivre. Je baignais dans un cocktail savoureux préparé par René. Le sirotais depuis le début de la soirée (le verre, pas le barman!). Tia Maria avec du lait. Le sixième verre à vrai dire. Enfin, je crois. Si sucrée à me cristalliser carrément. Et lui, là, devant moi, la bouche en cœur et en lambeaux...

Praline

Finement aromatisée et douce en bouche.
Aussi craquante que tendre.
Mise en garde : Cache sous son enrobage une amande,
subtile petite cachotterie.

C'est ainsi qu'au cours de cette période où je jouais à l'ogresse, j'avais sournoisement développé, sans même le savoir, cet irrésistible magnétisme collant qui attirait inexorablement vers moi les chansonniers en tous genres. Je ne combattais même plus pour les repousser. J'aimais ça. J'en profitais. J'étais devenue une véritable vampire caramellaire.

En vouloir toujours plus. Parce qu'on n'en a jamais assez. Parce qu'on ne se fait jamais aimer assez.

Nous dégageons des phéromones comme les fourmis. Je devais certainement sécréter une phéromone *musicale*. Tel un petit air qui se glisse à l'oreille de l'élu sans qu'il sache d'où il vient. Ensorcelé. Attendri. Certainement bercé par le doux son de mon caramel en fusion.

L'important était de savoir surprendre, attiser, attirer, dans ma toile filandreuse sans m'y empêtrer moi-même. Les laisser me humer le caramel. Mais me glacer juste à temps. Avant qu'ils n'y plongent à pleines dents et le déchiquètent. J'avais pris goût à ces petits casse-croûte amoureux dont j'enrobais ma solitude.

Je glissais dans mon carnet leurs prénoms, les dates, des photos parfois, des adresses rarement. Des mèches de cheveux à l'occasion. Un pétale de rose. Quelques mots doux sur papier froissé. Tout cela dans une enfilade de souvenirs onctueux. Pas de mal. Pas de battements de cœur. Que des bonbons fourrés. Engloutis sur l'oreiller.

J'étais donc assise au bar, sirotant ma potion magique que René savait toujours si bien me préparer. Je sentais lentement mon Hulk de surface se métamorphoser intérieurement en séductrice invétérée. À mes côtés, ma copine Johanne se plaignait du fait que j'attirais trop aisément les mâles à cœur pleureur. Les beaux doudous qui nous rendent gagas. Elle s'est même amusée à me faire une gageure comme quoi dans les prochaines quinze minutes, je ne serais plus seule. Une fois de plus. Comme tous les soirs d'avant. Le caramel inassouvi. Gourmand.

Justement. Un nouveau chansonnier était fraîchement arrivé la veille. Au moment où elle tentait de me convaincre de ce que je savais trop bien, la salle s'ébranlait d'un entraînant mouvement de va-et-vient de la gauche vers la droite. Les clients, collés l'un contre l'autre en se tenant par les épaules, tanguaient vers la droite, puis vers la gauche. Entonnant les paroles du délectable chansonnier qu'ils ne savaient qu'à moitié. Appétissant, affriolant, ragoûtant, mais un peu secret... comme une croquante Praline.

Praline ne cessait de me fixer. Et vice versa. Sous le regard découragé de Johanne! Alors qu'elle observait ma stratégie d'emprise, elle avalait gorgée par-dessus gorgée de bière. Un peu ivre, elle ne remarquait même pas ce pauvre Louis qui, juste à côté, pataugeait d'amour pour elle dans sa tequila. Dans la salle, la folie heureuse allait bon train. Un des joyeux lurons de la longue chaîne décidait soudain de prendre une gorgée. Et oups! Une belle blonde recevait une bonne vague de bière sur sa blouse. Tout timide, le fautif tentait vite d'essuyer sa bavure en frottant maladroitement la poitrine de la jeune femme… enchantée. Après avoir répandu encore plus le dégât, il inviterait probablement la belle chez lui pour jeter la blouse dans sa machine à laver, en espérant que ladite jeune femme, quant à elle, se jette sur lui.

Pendant ce temps, Praline satinée continuait de me manger des yeux en chantant. Johanne pestait de plus belle. Le pauvre Louis, bien beurré, bécotait maintenant son verre de tequila.

Question d'épicer le pari, je me suis retournée, le nez dans mon verre. Le dos courbé de l'anti-séductrice. Dix minutes avaient passé. Johanne perdrait-elle son pari?

Elle avait gagé qu'il viendrait directement à moi. Elle m'observait du coin de l'œil. Et l'épiait aussi. De mon côté, je me concentrais sur les manipulations acrobatiques de René qui faisait des «mix» à la chaîne derrière son bar. Dès l'entracte, sans aucune hésitation, Praline s'est dirigé vers moi. Douze minutes. Pas une de plus. Sans traîner sur sa route. Se faufilant entre les tables. Entre les ivrognes, les «veux-tu être mon ami?», les «on se connaît pas toé pis moé?», les groupies et groupiettes, ceux qui vous offrent une bière, mais vous demandent une cigarette, les filles à poitrine débordante, celles aux paupières barbouillées, aux lèvres pulpettes. À travers ces étals de vice irrésistibles, il ne voyait pourtant que moi. Dans le brouhaha de toutes ces jeunes admiratrices avides qui lui ouvraient leur lit, il n'y avait maintenant que moi. La nouvelle pro des confiseries. Douce vengeance. Comme quoi on peut finir par apprendre toutes les recettes sucrées des jeux de l'amour. En tout cas, c'est ce que je me répétais sans cesse pour surveiller d'éventuelles fissures qui pouvaient apparaître dans ma carapace caramélisée.

Je tenais le pari. Johanne me fixait. René me fixait le fixer. Ce chansonnier n'avait qu'une idée fixe.

Tout s'est passé comme elle l'avait prévu. Comme elle m'avait prévenue. Cette odeur… la phéromone caramel. Je n'y pouvais rien. Alors que René dansait la salsa en remuant fébrilement son *shaker* sous mes yeux, une cigarette glissée entre des doigts cornés est apparue dans mon champ de vision.

— T'as du feu?

C'est René qui l'a allumé. Moi, c'était déjà fait. J'étais allumée. Trop tard. Le caramel me brûlait de l'intérieur comme une vague de lave qui jaillit d'un volcan. Danger. Plus que de l'attirance. Le caramel en éruption.

Au moment même où Johanne me taquinait d'un regard amusé, un souffle praliné me susurrait à l'oreille:

— J'suis fatigué, où demeures-tu?

De ses deux mains, du souffle passionné de son parfum praliné, il venait de déchirer avec éclat l'emballage thermique de mon caramel. Et moi qui me croyais tout à fait hermétique…

À cette époque, je ne carburais qu'à la chaleur physique d'un homme dans mes bras, histoire de cœur non comprise. C'était le compromis idéal pour contrôler le flux et le reflux de mon caramel sans tomber dans les eaux troubles de l'amour. J'en maintenais le taux à un niveau respectable. Plus des mains baladeuses me cherchaient sous les couvertures, plus mon caramel se répandait équitablement en moi. Me transformait en une bonne masse moelleuse, chaude et collante. Juste assez bien moulée. Pas trop. Le cœur demeuré bien enfoui au creux de ce magma sucré.

Le problème, c'était que ces réserves de caramel «de moins pure qualité» s'épuisaient beaucoup plus vite. Ces hommes gourmands qui se faufilaient dans ma vie se gavaient tout autant que moi de ces orgies voraces. Ils me laissaient parfois le caramel lacéré. Croqué de toutes parts. Pâle. Souvent triste. Je devais toujours très vite refaire le plein. Et parfois prendre des risques. Avec des amants potentiellement dangereux. Risque d'amour à l'horizon. Je suis toujours demeurée sur mes gardes. Mais j'en suis venue aussi à trop me faire confiance. Et ce soir-là, j'ai balancé toutes mes résolutions d'un simple geste de la main. Quoi? Un petit peu d'amour n'a jamais fait de mal à personne...

Ce gentil Praline a tenu mon caramel à la température de ma chambre à coucher pendant de longues et enveloppantes semaines. Pour soigner sa douloureuse usure prématurée des lèvres, nous avions trouvé la solution idéale. Les conserver humides. Toujours. Tout le temps. Avec tout le plaisir que cela implique. Nous sommes vite devenus tous deux accros. À s'embrasser. Il aimait ce parfum sur mes lèvres.

— Ça goûte tellement bon! C'est ton dentifrice qui sent le sucre comme ça?

— Non, plutôt le caramel. Oui, c'est ça, le caramel!

À part cela, nous avons bien peu parlé. Pourtant, je lisais bien quelque chose de plus dans son regard que chez Jujube. Le confort du cœur circulait entre nous. Nous étions bien. Tous les deux. Son regard aux paupières tombantes semblait triste. Mais je lui bécotais le nez et il riait jusqu'aux larmes. Et il regardait alors devant lui. Se perdant quelques instants dans le vide. Puis, il me prenait dans ses bras. À nouveau. Me serrait tout contre lui. J'aimais la tendresse de sa chair. Je craignais un peu ce qu'il ne me disait pas. Néanmoins, j'avais décidé de profiter de ces heures précieuses qui n'appartenaient qu'à nous. Je connaissais plus l'anguleux axe de ses reins que le nom de sa ville natale. La savoureuse moiteur de sa bouche délicieuse que le prénom de sa mère. Avec Praline, j'ai même recommencé à apprécier quelques parties de mon anatomie. Avoir un corps démesurément long présentait tout de même un côté fort agréable. Il y avait bien plus de surface à caresser!

Le plaisir a ce petit quelque chose de racoleur qui nous contraint à y revenir toujours. Désirer le désir. Se sucrer le mec. Sans se lasser. J'en avais les veines nouées de vertige. Être dans ses bras, c'était du vrai bonbon!

Praline était si tendre dès qu'on faisait craquer son enveloppe protectrice. Il avait la main douce. Ses caresses éveillaient des hordes de papillons dans mon ventre. Praline avait l'égratignure légère. La poigne chaude. L'étreinte même émouvante. Je le regardais regarder ailleurs et je tentais de lire son silence. Puis je fermais les yeux. Le moment présent. Laisser fondre dans ma bouche ce bonheur et croquer habilement l'amande quand elle me tomberait sous la dent. J'ai vécu cinq semaines paradisiaques. Délectables. Une oasis au lagon de caramel. J'allais l'écouter chanter et je fondais déjà à la simple idée qu'il m'enroulerait autour de lui à trois heures du matin.

Je n'avais jamais tant aimé!

Ma dernière session d'université s'est évaporée en partie dans les limbes de ces bonheurs nocturnes éphémères. J'ai reçu mon diplôme en me demandant comment j'avais su réussir si bien. Je devais avoir la bosse du français… remplie de caramel.

* * *

Puis, il y a eu cette nuit-là. Il y a toujours un «cette nuit-là». Qu'on le veuille ou non. Que ce soit une fin ou une remise en question. Le bonheur n'est qu'une trêve dans notre malheur régulier. La passion fond. Comme du… oui, d'accord, je pense que vous savez maintenant !

Cette nuit-là, Praline m'avait tourné le dos et s'était endormi. Cette nuit-là, il avait même ronflé. J'ai alors su. Il allait bientôt me quitter. Il avait fait le tour de moi. Il avait commencé à s'ennuyer. Enfin, c'est ce que j'en ai déduit à ce moment-là. Nous nous acheminions vers la fin. Il n'exerçait plus ses gammes de piano dans mon dos. Il commençait à parler de sa mère. Il avait faim. Il se grattait parfois. Il était trop tard. Nous avions atteint le point de non-retour. Il réaliserait bientôt que j'existais vraiment. Il me verrait soudain tout autrement avec mes gigantesques pantoufles de Mickey Mouse et mon rouleau pour me friser le toupet. Mon caramel s'égouttait de partout. J'avais plein de fuites nerveuses. Notre moule s'était cassé. Il devrait bientôt repartir vers son bout du monde et il commençait à préparer son départ en m'aimant moins. Moins longtemps. Avec moins d'ardeur. Enfin, c'était ce que j'avais commencé à m'imaginer. Pour me préparer à l'inéluctable. Je voyais du sommeil dans son regard et dans ses gestes. Même ses lèvres tuméfiées semblaient pouvoir se passer de moi. Praline avait acheté du baume pour ses lèvres. Je n'étais plus indispensable à ses blessures. Et la mienne prenait des proportions alarmantes. Mon caramel se ratatinait et mon cœur était à vif. Déserté.

Ce soir-là, avant de quitter mon appart, il a englouti les derniers biscuits au beurre d'arachides qui restaient. Il n'a même pas laissé de miettes derrière lui. Qu'une odeur de tristesse dans l'air. Il m'a souri sans que ses lèvres craquellent. Mais il avait aussi les yeux pleins d'eau.

Ce soir-là, il a chanté :

— C't'aujourd'hui l'jour de l'An, guélonla mon joe malurette, C't'aujourd'hui, l'jour de l'An, il faut changer d'maîtresse…

Il avait porté mes t-shirts, mes bas, ma robe de chambre. Il avait aimé mes biscuits, mon yogourt (tiens, lui aussi, il mangeait du yogourt comme mes ex!), mon jus et mes bananes. Il avait souvent tartiné mon caramel à merveille sur son propre corps. Il m'avait aussi dit des mots doux. Il m'appelait son «bonbon»! Oui, oui! Son «bonbon». Et il me léchait alors l'épaule comme un chaton en manque d'affection. Et nous roulions sur le lit en riant. Nous avions ri ensemble. Nous avions pleuré aussi. En regardant *La Mélodie du bonheur* qui passe et repasse chaque année durant le temps des Fêtes. En chantant dans la rue à tue-tête en plein cœur de la nuit. Fait nouveau pour moi: nous avions été heureux ensemble. Il m'avait déclaré comme jamais un gars ne l'avait fait auparavant:

— Je suis heureux avec toi.

Puis il baissait les yeux. Et je cherchais alors à voir au bout de son regard. Mais je m'y perdais. Et je n'osais pas poser de questions. Souvent, les questions ne provoquent pas les bonnes réponses. Alors, mieux vaut attendre que l'autre parle. Sur ces bouffées de tristesse, je continuais de ne rien savoir. Il tournait le regard après m'avoir souri. Encore plus tristement.

Malgré ces bouchées de tendre bonheur, c'est ce soir-là que tout a basculé. Vandalisme dans mon rayon de bonbons.

Nous étions retournés au bar. Je transportais sa guitare. Il tenait ma main. En silence. Cortège funèbre. Le caramel à froid. Je savais bien que je ne savais pas quelque chose. Praline cachait un secret sous son enrobage. Je sentais bien que ma bonbonnière allait se casser. Le bar était plein à craquer. René était en train de craquer aussi. La jeune fille au vestiaire disparaissait sous l'amoncellement de manteaux. Les serveurs jouaient les équilibristes avec leur cabaret, évitant de justesse un Armand qui reculait de trois pas dans l'ivresse ou une Joëlle qui dansait les yeux fermés et les bras en l'air.

Moi, je m'agrippais à mon mince îlot de caramel. Mon petit bonheur isolé. Sous un nuage de fumée. Et d'appréhension. Il y avait un autre parfum dans l'air que celui de mon caramel. Attendrie par la voix de Praline, à la fois inquiète et naïve, je cherchais tout de même son regard qui regardait ailleurs. Mouillé. Coupable. Malheureux.

Le temps d'un intermède dans ma future tristesse, j'ai été bousculée par un être rigolo qui cherchait à quatre pattes son œil de vitre par terre. Lorsqu'il le trouvait, il s'amusait à le mettre sur l'épaule d'une fille en lui disant : « Tu sais, ma belle, j'ai un œil sur toi ». Le problème, c'était que son petit stratagème n'avait pas le résultat escompté. La fille hurlait et le repoussait brusquement. Il pouffait de rire et s'enfilait une bière d'un seul coup.

Un instant auparavant, je riais de cet étrange hurluberlu, l'instant suivant, je me noyais dans mes larmes. Entre ces deux moments, une tragédie avait fait éclater mon caramel en mille morceaux. Tous les clients étaient maintenant partis. Le bar était presque vide. La jeune fille au vestiaire m'avait gentiment apporté mon manteau qu'elle avait déposé sur le dossier de ma chaise. Elle s'était éloignée rapidement. Dans la crainte d'être submergée par le volcan de caramel qui me sortait de partout. Le proprio du bar avait depuis longtemps crié son « Last Call ». Il devait déjà dormir sur ses deux oreilles chez lui. Inquiet, il avait tout de même demandé à René de prendre soin de moi.

Et voici ce qui s'est passé.

Après le dernier rappel d'une série de cinq, ma charmeuse

Praline exquise, dans un candide sourire qui ne s'adressait déjà plus à moi, s'est mis à tout ranger. Guitares, micros, musiques à bouche. Ses mots tendres. Et son sourire aussi. Tout ce qu'il m'était, quoi! Je sentais déjà monter en moi une vague frissonnante de caramel languissant quand soudain, un grand brun est sorti du coin gauche du bar. S'est approché de lui. Ils se sont enlacés. Il s'est penché, a pris la guitare et s'est dirigé vers la porte. S'arrêtant pour l'attendre alors tout sourire. J'étais littéralement attaquée par une ondée de grêlons de caramel. Praline s'est avancé vers moi. Comme si de rien n'était. N'avait été. Et ne serait jamais. Un sourire triste sur les lèvres. La Praline bien pâle pourtant.

— Salut. C'est Pierre, mon amoureux, il est descendu du Lac-Saint-Jean juste pour venir me chercher, c'est gentil, hein?… Pierre, je te présente… euh, c'est comment déjà, ton nom?

— Emma, que je lui ai soufflé. Emma, que je répétais plus pour moi que pour lui.

Le sombre inconnu m'a regardée sans me voir. M'a saluée distraitement. A pris le bras de Praline. Ils se sont dirigés ensemble vers la sortie. Praline s'est retourné sans me sourire. Juste avant la sortie. Le temps d'un soupir. Comme Orphée, il laissait ainsi derrière lui son Eurydice condamnée aux flammes de la solitude amoureuse. J'avais perdu tous mes points de repère. Je n'avais pas une rivale, mais un impossible adversaire. Bien plus ferme que moi.

René m'a aidée à enfiler mon manteau. M'a étouffée presque avec mon écharpe.

— Veux-tu que j'aille te reconduire, ma belle?

Il n'attendait même pas une quelconque réponse de ma part. Derrière moi, il y avait une mare… de caramel. J'étais complètement vidée. Estomaquée. En me laissant devant ma porte, il m'a caressé la joue. Et a déposé dans ma main une petite papillote. Comme s'il savait, lui. Puis il m'a souri. Il était gentil, lui. Je ne pouvais donc pas l'aimer…

J'ai passé la nuit assise sur le tapis. Au beau milieu du salon. En tête-à-tête avec un sac de biscuits aux capuchons de chocolat, trois pintes de lait et… Barry Manilow. On ne peut pas être parfaite en tout, quand même ! Quand je me suis enfin couchée au petit matin, l'estomac en bataille, j'ai trouvé sous mon oreiller une musique à bouche et un petit mot : «Merci pour les baisers sucrés. Je t'aimais. Tu le sais, n'est-ce pas ?»

L'année venait de se terminer. Une autre se pointait.

J'étais seule. À nouveau seule.

J'avais vite besoin de m'ancrer à la vie. Le lendemain, je suis donc allée voir ma mère. Pour lui souhaiter la bonne année, mais aussi parce qu'elle était ma bouée de sauvetage. Et si terre à terre…

Ma mère apaisait bien mes cafards. Avec ses yeux tristes qui souriaient tout le temps. Toujours allumée par la vie. Toujours disponible pour les étincelles.

— Si tu es heureuse, je vais être heureuse, me répétait-elle.

Elle était toujours habillée comme une grande dame. Même au milieu de l'après-midi, elle sentait le doux bonheur parfumé et portait le vert menthe à la mode ou le bourgogne de saison. Et des souliers de madame bien serrés qui la faisaient profondément souffrir (pour un peu de suspense, vous ne saurez la raison exacte que 24 lignes plus bas).

— Il faut toujours être bien mise, avec de beaux sous-vêtements, car à mon âge, on ne sait jamais quand on va devoir s'en aller à l'hôpital tout d'un coup.

Ma mère n'aimait pas la petite bedaine qui lui avait poussé

lorsqu'elle s'était mise à ratatiner, qu'elle disait. Elle était tellement fière. Et j'en étais très fière aussi. Par pur plaisir, elle avait autrefois chanté dans les mariages. Il ne lui restait plus qu'un filet de voix d'ange. Elle était contente d'habiter depuis peu dans une résidence de personnes âgées. Elle vivait maintenant avec ses p'tits vieux, comme elle les appelait. Avec la vive conviction d'être différente. Elle avait son appartement à elle. Autonome, mais plus en sécurité.

— Je suis gâtée. C'est moi qui ai l'appartement du coin. Près de l'entrée secondaire. J'ai plus de fenêtres que les autres. Je peux surveiller toutes les allées et venues. Comme ça, je peux voir les p'tites vieilles d'à coté recevoir leurs amants qui viennent les visiter la nuit, disait-elle dans un sourire coquin.

Je crois même qu'elle y croyait.

J'arrivais chez elle avec mon baluchon de peines d'amour. J'espérais lui en raconter un peu. Pour qu'elle m'aide à mieux me comprendre. Du haut de sa grande sagesse et de son incroyable discernement. Nous allions nous promener dans le corridor de la résidence ensemble. Nous marchions lentement, car elle avait toute une grappe d'oignons et de cors aux pieds qui la faisaient souffrir. Et qu'elle étranglait du mieux qu'elle pouvait dans des souliers pointus et trop serrés.

— Les espadrilles, c'est pas féminin! qu'elle me donnait comme raison.

Ces cors et ces oignons deviendraient l'un de ses plus coquets héritages dont je profiterais pleinement à partir de la cinquantaine. L'une des preuves douloureuses que j'étais bien la fille de ma mère. Ne m'obligez surtout pas à me déchausser, s'il vous plaît!

Et elle me demandait alors comment j'allais. Elle avait l'air tellement heureuse. Sereine. Alors j'allais bien. J'avais rencontré un gentil garçon. Lui présenterais bientôt. Tout allait bien. J'étais en train d'écrire un roman. Un… beau roman d'amour. Elle aimerait, c'est certain. Puis, je lui demandais comment elle allait. Et elle m'étonnait chaque fois.

— Imagine-toi donc qu'il est arrivé un nouveau p'tit jeune à la résidence. Il y a trois jours, à peine. Écoute, il est beau comme un cœur. J'arrête pas de penser à lui. On fait même des *choooses* ensemble dans mes rêves, t'as pas idée ! Il habite l'appartement de biais au mien. Comme ça, je peux surveiller ses allées et venues, à lui aussi. Au cas où il aurait des amantes également. Je laisse ma porte un tout petit peu ouverte. Il sent tellement bon quand il passe. La poudre de bébé, on dirait. Il a des belles moustaches qui frisent. Il est pas vieux. Peut-être 61 ou 62 ans maximum. Il a l'air pimpant comme tout. Tu devrais lui voir la nuque. Il a tellement un beau départ de cheveux. (*Ma mère avait été coiffeuse dans ses jeunes années qui ont duré très, très longtemps, vous vous en doutez bien.*) Et encore de bien beaux cheveux. D'un beau blanc bien blanc. Pas une touche de gris. Et je ne pense pas qu'il se les fasse teindre. (*N'oubliez pas, déformation professionnelle oblige.*) Si c'est le cas, tu peux être certaine que je pourrais lui proposer de lui faire ça pour pas cher. (*Elle a toujours aimé jouer dans les cheveux… des hommes.*) Je lui passerais bien la main dedans. (*Je vous l'avais dit, elle ne peut résister.*) Tu sais, à rebrousse-poil, par en arrière. Ouuuu, que ce serait doux, j'en suis certaine… (*Et elle sourit en s'imaginant la chose, le regard perdu dans les nuages.*) C'est vraiment un bel homme qui a de la classe. Il porte de belles chemises blanches toutes propres. Il marche bien droit. Pas de canne. Il doit mesurer un bon six pieds certain. Il m'a même souri hier. Quand je suis allée porter mes ordures au bac. Il m'a aidée à les y déposer. Un gentleman, le monsieur. Ah, il est tellement beau ! Ça pourrait te faire un beau beau-père, tu sais ?

Je la regardais ainsi s'illuminer de l'intérieur. Ma vieille mère. Le dos courbé. Les seins flasques et d'affreux orteils. Le corps au ralenti. Des rides en cascades sur le visage. Mais une main fine et toute fraîche dans la mienne. Le cœur d'une jouvencelle éternelle. Les yeux pétillants d'une amoureuse. Le sourire d'une coquette. Ma vieille maman avait toujours autant envie d'être amoureuse qu'aux temps de ses premiers frissons. Ça n'avait jamais mûri en elle. Elle avait aimé mon père, qui nous avait quittés trop jeune. Et elle avait ensuite essayé d'en aimer d'autres. Avec toute la force de son cœur et de sa naïveté. Sans succès. Les mêmes spécimens d'hommes qui stagnaient dans ma vie.

Ma mère était une adolescente ridée qui faisait tout pour oublier son âge.

Je le savais, que je le veuille ou non, que j'allais bien être « la fille de ma mère ». Je repartais ainsi avec mon baluchon de peines d'amour et son nouveau fantasme en tête en me disant que ma vie serait bien triste quand elle me quitterait. Et une nouvelle année commençait.

Nougat

Le nougat est composé d'une pâte très blonde. Il ne cache rien,
sa chair est légère. À la fois tendre et croquant par endroits.
Mise en garde : Bien apparente dans sa chair douce,
ses noix sont alléchantes. On a beau le savoir, elles peuvent
tout de même nous rester prises entre les dents.

Je me suis mise à bouder les bars. La fumée masque trop la vision de la réalité. C'en était fini. Convaincue que les hommes idéaux n'existaient pas, j'ai donc décidé de chercher plutôt un homme… avec idéal. Ma recherche débuterait dès à présent. J'avais le caramel en état d'inanition.

Je traînais depuis peu dans une jungle tout à fait nouvelle. Le monde du travail. Ouuuuh…

Avec mon diplôme universitaire en main, je ratissais régulièrement toutes les entreprises susceptibles d'engager une Hulk aux yeux globuleux, aux pieds longs comme une autoroute et au cou de girafe anorexique. Étant aussi une naïve petite rédactrice sans expérience qui rêvait de travailler 75 heures par semaine pour oublier son caramel rassis.

J'avais dans ma mire la meilleure station radiophonique de la ville. Rien de moins. Je ne savais pas comment j'allais y entrer, mais pendant des semaines, j'ai harcelé le directeur de la pro-

grammation. Digne comportement compulsif d'une incorrigible glucomane. Régulièrement, je venais lui dire que j'étais
intéressée à travailler là. Ici ou là à vrai dire. Ce qu'il voudrait
bien m'offrir. Un stage. Un remplacement. Même un travail de
tartineuse de rôties au caramel pour les « morning men » serait
envisageable. Il me montrait alors la tonne de CV qui croupis-
saient sur son bureau et me souriait, les épaules soulevées
d'impuissance.

* * *

Quelques mois ont passé. Je connaissais l'art d'attendre. Patience. Don exclusivement féminin. Puis, un jour, il m'a
appelée. Un remplacement de vacances à combler. Et probablement le sentiment que je lui ficherais ainsi la paix quelque
temps si j'avais un boulot. Rédactrice publicitaire pour quatre
semaines. Le rencontrer pour en discuter. Mon caramel me
gazouillait de l'intérieur. Comme quoi on peut avoir le cœur
léger sans que ce soit un homme qui le porte. Et si le travail
pouvait aussi m'approvisionner le sucre émotif ?

Ce boulot était pour moi. Prenant mon caramel à deux
mains, je suis entrée dans son bureau le jour fatidique et me
suis assise. Collée au fauteuil. Les genoux claquant l'un contre
l'autre. J'avais tellement peur d'essuyer un autre refus, comme
je savais si bien les collectionner en amour. Insondable cœur
féminin. Tout dans un même emballage. Pas capable de mettre
les choses dans des petites cases séparées. Toutes les priorités
de mon existence empêtrées dans le même bourbier de caramel.
L'amour, le travail, les amis, la famille, même mon affection
pour mes chats. Marécage féminin.

— Pourquoi vous engagerais-je ? m'a-t-il demandé.

J'ai d'abord soufflé du vide. Un arôme de caramel a envahi

l'espace. J'ai souri. Ça m'a donné des ailes. Puis, j'ai ouvert la bouche pour lui dire :

— Parce que si vous ne m'engagez pas, vous demeurerez toujours dans le doute que j'étais la personne qu'il vous fallait. Si vous m'engagez, vous aurez la preuve que c'était le bon choix.

Je me suis ensuite levée devant sa bouche bée, lui ai serré la main et suis sortie. Derrière moi, il y avait de grandes flaques de caramel partout par terre. À quelques pâtés de maisons de là, je me suis laissée choir sur la terrasse d'une maison de gens richissimes. Ça sentait bon le printemps. Et le caramel. Je savais qu'il allait m'engager. J'allais «travailler». «M'occuper à autre chose». Être payée pour écrire. Parfois des nounouneries bien sûr… comme une enfilade de six réclames pour le Roi du meuble dans un message radio de 30 secondes. Mais aussi des petits bijoux publicitaires, rien de moins. J'allais faire ce que je désirais. Au travail du moins.

* * *

Je suis devenue rédactrice publicitaire. D'abord, en remplacement. Puis à temps plein. Il m'a gardée. Je faisais bien le boulot. J'en faisais beaucoup plus que demandé, à vrai dire. Ça lui plaisait. Comme à tous les hommes. Les mois ont passé. L'été, l'automne… Je trempais ma plume dans mon caramel juste assez pour écrire des choses inspirées. Juste pas trop pour ne pas épuiser ma précieuse source de vie. Sans cesse alimentée par le plaisir du boulot bien fait. Et ça marchait. Les clients en redemandaient. Mon patron m'aimait bien, parce qu'il aimait bien ses clients. Et les collègues de travail s'étaient habitués à l'effluve de caramel qui flottait en permanence dans l'air de la station. Je m'alimentais au bonheur du travail.

J'étais presque une femme comblée. À vrai dire, il ne me

restait plus qu'à tenter une fois de plus d'être malheureuse en amour et tout serait enfin parfait. J'ai repris ma quête. Inquiète tout de même de ce que j'allais trouver. À vrai dire dans quoi mon caramel allait tomber. À cette époque, de plus en plus de maladies couraient les rues. Puni par où l'on pèche. Ou quand on se dépêche.

Comment contrer ces fléaux de l'amour?

J'ai fini par trouver. À l'avenir, j'éviterais d'attraper quoi que ce soit. J'ai donc pris une grave décision.

J'ai décidé de n'avoir des aventures dorénavant qu'avec des hommes mariés fidèles.

Noël était derrière nous avec son lot de cadeaux inutiles et de baisers du même genre.

Le jour de l'An chahutait à nouveau. Déchirant les cœurs esseulés. Avec ses dangers d'assauts inconnus en fin de soirée. Cette année, j'avais décidé de tenir mon caramel à l'écart des bibittes à grande bouche baveuse. Pour les autres, je gardais les yeux grands ouverts. Et le caramel scellé sous doubles papillotes. Ne se dévêtir que lorsque la confiance règne. Et que l'on a bien vu le jonc de mariage.

Et on y était. Le party de bureau. Là où tous oublient qui ils sont. Et s'oublient ici et là. Se dévoilant sous leur meilleur jour. Ou leur pire nuit. Il était là. Presque entièrement là en tout cas. Son sourire enfantin. Ses yeux timides. Son regard en coin. Ses rougeurs de gêne. Et son annulaire bien garni. J'étais comblée. Il était bien marié. Et l'affichait en or. Il s'est carrément étalé par terre devant moi. En faisant un faux pas de danse. Attendrissant prince charmeur. Yeux bleutés délavés. Doux cheveux blonds. Semblant aussi tendre que croquant. Un bel exemple de Nougat. Mi-mou, mi-dur. Il m'est apparu à quelques centimètres du nez. Tout luisant de sueur. Se relevant

avec maladresse. Dansant du n'importe quoi. Mais il était tellement beau. J'ai vite su. On se plairait. En un soupir et quelques
mots. Il m'a tout dit. En un souffle d'alcool. Et ses aspirations
étaient claires. Il était marié et voulait le rester. Si claires. Son
regard et ses gestes langoureux. Juste un peu maladroits. Passer
du tendre au dur comme lorsqu'on y mord. Je n'ai pu résister,
car il m'a dit toute la vérité. Et plus encore. Jamais, il n'avait eu
d'aventures auparavant. Il fallait que ce soit bien clair. Il l'aimait
tellement, sa femme. Sans mensonges. Il mettait tout en évidence. Sous mes yeux assoiffés. Surtout ses petites noix bien
alléchantes. C'était impec!

L'instant d'après, nous nous la roucoulions douce et exquise.
La musique se faisait plus ratoureuse. On en était déjà aux
gestes enrobants. Ce serait sa première fois. Qu'il ne cessait de
répéter. La première fois qu'il avait envie de se laisser déguster
par une autre. Une autre que sa femme adorée. Il ne savait
pourquoi. Ce devait être mon parfum. Irrésistible. Avec une
touche de caramel. Ou mes yeux. Ce beau vert. Avec une teinte
de caramel. Si originaux. Si originale. Tourbillon voluptueux.
J'avais déjà l'instinct en éveil d'une mante religieuse. Quant à
lui, il était loin d'avoir l'air d'un moine. Mais il n'était pas dangereux pour moi. Je le savais. Ne cessais de me le répéter. Il était
marié. Et fidèle.

Plus la soirée s'avançait dans la nuit, plus nos corps mal-
léables se moulaient l'un à l'autre. Face à face. Seul à seul. Sur
une piste de danse envahie d'une cohorte de couples seuls
comme nous. Il flottait maintenant dans l'air un intense
parfum de caramel en ébullition…

Minuit a sonné. Son regard. Minuit. Ses lèvres. Minuit.
Nougat a saisi mon visage. M'a embrassée avec la fougue d'un
myope à lunettes en corne mauve rafistolées par du ruban

adhésif noir… Haleine délectable en prime! Il embrassait comme un homme marié qui n'avait pas embrassé depuis longtemps. Pauvre Nougat trop fidèle.

Mon frêle caramel tout mou s'est laissé porter à merveille par les bulles de champagne qui nous chatouillaient le corps. Je n'avais rien à craindre. Je me le répétais. Il était marié. Je ne pouvais l'aimer. Il était déjà aimé par une autre. Il ne pouvait m'aimer. Il en aimait déjà une autre. Aucun danger pour mon caramel en mal d'amour. Juste du plaisir. Le casse-croûte! Et pour le jour de l'An.

Il m'a finalement entraînée avec lui. Hors de ce monde insipide. Mon caramel molasson n'obéissait plus qu'à lui. J'avais le corps en attente d'impossible. Le cœur bien au chaud sous une épaisse couverture thermique. Je ne me coulerais dans son univers qu'une seule nuit. Pas plus. Juste le temps d'une bouchée. Il m'a ouvert la porte de son bureau luxueux. Étonnamment confortable pour y traiter des contrats d'affaires. Avec canapé-lit, draps de satin, frigo rempli de champagne et petites bouchées de caviar. Nougat avait vraiment le sens des affaires très souples. Il avait juste le mordant qu'il fallait pour régler les affaires compliquées. Il était vraiment marié.

En ouvrant une bouteille de champagne, il a pris soin de redire, une fois de plus, avec une timidité théâtrale, tout autant de candeur que d'innocence, qu'il était marié et qu'il aimait sa femme. Quel mari! Quel homme! Un vrai. Profondément heureux. Avec une carrière de publiciste fructueuse et florissante. Capable de vendre un abonnement de Smarties à vie à un diabétique. Une vraie belle histoire d'amour. Un reflux de caramel et de bulles m'est monté au nez. J'étais émue par tant de vérité.

Après ses aveux d'usage dont il semblait connaître la formule par cœur, Nougat a tout de même pris soin de rajouter, en engloutissant le contenu de sa coupe, que c'était «la première fois». C'était pourtant si évident.

Quel plaisir pour un caramel de savoir qu'il allait être le premier à se modeler au cœur tendre d'un nougat onctueux. Il a ainsi passé presque toute cette nuit torride à… m'expliquer. Tant et tellement que c'en était trop. Pour une fois, je rêvais qu'un homme se taise. Il m'attisait. Je voulais l'embraser. Or, il semblait s'y connaître en baisade. Il fermait parfois la bouche. Juste le temps d'un effleurement de lèvres. À quelques moments cruciaux. Puis, il a fait comme s'il ne l'avait jamais fait. Semblant de maladresse. Son regard mouillé, ses mains fouineuses, sa bouche gourmande, mon caramel épars. Mais il était plutôt adroit, finalement. Bien sûr, nous n'avons joué au bonbon dans la bonbonnière que trois fois. Il se retenait, qu'il disait. Nougat était un caprice fragile pour la bouche. Il craignait que je l'avale tout rond. Tout cela était si nouveau pour lui. Mon caramel en était tout retourné. Et il ajoutait une foule d'ingrédients à sa mixture appétissante.

— … jamais rencontré une aussi belle fille… première fois que je suis si bien avec une femme… tellement belle… pas l'air compliqué… on dirait que je te connais depuis toujours… toi, tu n'es pas comme les autres… compréhensive, tellement, tu sais jusqu'où on peut aller… patience… oh si je t'avais rencontrée, il y a dix ans… si j'avais su que tu existais…

Je sais, mesdames qui me lisez, vous êtes étonnées, vous n'avez jamais entendu d'aussi suaves paroles, vous non plus! Je sens même un peu de jalousie dans ce regard que vous portez sur ces lignes. Désolée, c'est à moi, et juste à moi, qu'il a dit tout cela. Et le même soir à part ça!

Vous n'avez pas idée de l'aspect que peut avoir un caramel comme le mien après tant de vérités.

Enfin, un homme sincère qui disait vraiment ce qu'il pensait! Un homme qui n'avait pas peur des mots. Laissait parler son cœur. Plus il m'embrassait, plus il me murmurait à quel point il se sentait coupable et plus je l'excusais de tant de faiblesse. Nous avons passé une bonne partie de la nuit à tenter de ne pas nous aimer et l'autre partie à nous dire qu'il valait mieux nous quitter en nous roulant de gourmandise l'un dans l'autre. Quelle nuit exaltante j'ai passée!

Puis, le soleil s'est levé. Filtrant quelques rayons frileux à travers les fenêtres tamisées de son bureau. Nougat m'a donné un dernier baiser. La mâchoire déjà crispée. Il commençait à se remballer. En une demi-seconde, tout a été remis en place. Ses cheveux. Sa cravate. Ses chaussures. Les coupes lavées. La bouteille de champagne vide dans un sac plastique fermé dans la poubelle. Ses belles paroles et… mon caramel.

Il m'avait enfilé mon manteau. Avait verrouillé notre nuit d'amour. Ses soupirs aussi. Je me suis assise au volant de ma voiture qui l'a reconduit, sans que je ne m'en rende bien compte, à quelques maisons de chez lui. La vue de son humble demeure au loin, un château dans toute sa splendeur, a plongé mon caramel dans le froid de la réalité. C'était un homme bien marié qui sortait de ma voiture. Après avoir déposé un baiser sec sur ma joue glacée. Nougat était un homme d'honneur. Il était déjà revenu à l'autre. Le temps passé avec moi était révolu. Il s'était donné à moi. Tout entier. Il retournait maintenant à l'autre. Tout entier. Mon caramel pouvait s'épandre sans crainte. Il était un homme de cœur. Fidèle. Il me le serait. Comme il l'était à sa femme.

Pourtant. Je devais me méfier. Ça me bouillonnait en dedans. Malgré ma résolution. Ne prendre que le moment présent. L'oublier quand il était absent. L'oublier à l'autre quand il n'était pas avec moi. C'était maintenant ma règle d'or. Comme l'anneau à son doigt. Ne jamais oublier cet anneau. Il me rappelait qu'il y en avait une autre. Sans secret. Elle était bien présente. Il me l'avait si bien présentée. En mots et en soupirs. J'ai tenté malgré tout d'éteindre le feu qu'il avait ranimé en moi. Le contact de ses lèvres sur ma peau. Je lui ai souri encore, les yeux fermés. Il avait déjà claqué la portière de la voiture. Il était déjà rentré chez lui. Depuis même un bon moment.

Le peu d'esprit qui me restait m'a servi de pilote automatique pour rentrer chez moi. Je me suis par contre demandé si, au moment où il s'était glissé dans le lit conjugal à cette heure si matinale, sa femme n'avait pas été d'abord surprise de ce parfum vaporeux de caramel dont il était imprégné. Puis, comme trop de femmes confiantes, elle s'était probablement à nouveau blottie dans ses bras en se trouvant bien ingrate de douter de lui. Il était un mari si fidèle !

De mon côté, je me suis couchée ce matin-là avec l'impression bizarre d'avoir été démoulée totalement. Le caramel épars. Émiettée en petits morceaux orphelins. Perdus. En quête d'un moule sécurisant. Pourquoi donc ?

N'étais-je pas capable d'écouter mon cœur ? Mais que s'était-il donc passé ? C'était différent. À mon réveil, je voyais plus clair. J'ai compris enfin. C'était que lui, il ne m'avait pas menti. Nougat était franc. Lorsqu'on le regardait, on voyait tout. On savait tout de lui. Une tranche bien mince, la pâte tendre, les noix bien apparentes. Pas de secret. On avait envie d'y mordre. On savait qu'on n'aurait pas de mauvaises surprises. Je savais maintenant pourquoi j'étais si bouleversée ce matin-là. Je l'avais enfin rencontré ! L'amour. Le vrai. Nougat me le prouvait clairement. Il savait aimer. La preuve ? Il en aimait une autre que moi. Et j'ai commencé à imaginer qu'il pourrait peut-être avoir un petit peu d'amour en reste dans un recoin de son cœur… pour moi.

* * *

Les jours suivants, je suis pourtant demeurée le caramel latent. Impatiente. J'ai rangé le jus d'orange dans la commode. Mes chaussures dans mon tiroir à sous-vêtements. J'ai oublié mon épicerie à la commande à l'auto. Je suis allée au travail en pantoufles. J'ai bien vite compris le drame. J'étais amoureuse. Amoureuse d'un amoureux. Je produisais de la purée d'ennui de caramel. Tout en étant excitée à l'idée de l'aimer à nouveau.

À vrai dire, je n'avais jamais tant aimé !

Et je ne savais pas pourquoi, mais ça commençait à m'épuiser.

Je m'évaporais en vapeur sucrée dans l'air de mon bureau. Je flottais littéralement. Mais, après quatre jours d'attente, je me suis demandé soudain si je n'avais pas été peut-être un peu naïve. Avec lui et tous les autres auparavant. Bon, je sais, vous vous direz, elle en a mis du temps. Pourtant, je sais qu'il reste des filles comme moi qui ont encore la fibre amoureuse exacerbée. Lui, ça allait être le bon. Lui, c'était certain, j'avais confiance, ça marcherait. Même s'il était marié, lui, dans le fond, il finirait par laisser sa femme pour moi.

Qu'est-ce que j'étais en train de dire ? J'espérais soudain qu'il quitte sa femme ? Et s'il ne faisait que l'aimer, elle ? Et pas moi. Si je n'avais été qu'une aventure ? Comment pouvais-je ainsi penser ? Le travail commençait-il à faire de moi un être humain pensant ? Avec une tête au-dessus du cœur ? Et si je n'avais rien vu venir ? Était-ce possible ?

J'ai alors décidé qu'il était grand temps de fonder l'organisme à but curatif Les Naïves anonymes. J'ai pris le combiné du téléphone afin d'appeler mon amie France pour lui proposer d'être la deuxième membre de notre confiserie d'innocentes qui tiendrait déjà sa première réunion, disons... à la page 93 quand j'ai entendu au bout du fil, juste avant de composer le numéro :

— Il y a quelqu'une ?

Le caramel s'est pétrifié dans mon index. Le choc a été si brutal qu'une cellule de mon cerveau a péri. Je n'ai trouvé que ces mots à dire dans un ton de minou aux grands yeux qui a passé toute une nuit de tempête de neige sur le balcon.

— C'est toi ?

Nougat ne disait mot pour l'instant. J'étais suspendue à son silence éloquent. Je sentais son souffle haletant d'une passion retenue. J'espérais une envolée téléphonique veloutée. Nougat a plutôt continué avec ces quelques mots :

— Tu vois, c'est que ma femme a retrouvé l'une de tes boucles d'oreille dans la poche de mon veston.

Si cette aventure avait fait l'objet d'un film, on aurait dit que c'était cucu à l'os, prévisible, con jusqu'aux rotules et on serait sorti du cinéma en demandant un remboursement. Mais moi, j'étais dans la vraie vie et je n'avais clairement pas le temps de réécrire le scénario. Plus franc que cela... Je le voulais ainsi ? Je l'avais. Et j'avais aussi une grosse noix coincée dans la gorge.

Quand, en m'exhibant fièrement ladite boucle-d'oreille-pièce-à-conviction, il m'a raconté qu'il s'en était sorti en expliquant à madame qu'il avait laissé son veston au vestiaire et que l'imbroglio avait dû se produire à ce moment-là, j'ai commencé à croire que c'était un coup monté de toutes pièces. Monsieur avait l'habitude. Monsieur m'avait enlevé ma boucle d'oreille dans le seul but de faire de notre belle histoire d'amour une vulgaire aventure de fond de ruelle. C'était évident. J'avais fait fausse route. Il venait de me pousser hors de sa voiture sur la voie d'accotement du cœur. Homme idéal, mon œil! Il avait toujours eu le bon mot pour dire les choses. Et il parlait. Lui. Il disait tout. Même trop parfois. C'était ÇA, l'homme idéal? Le vrai?

* * *

Ce soir-là, j'ai pris soin de ne rien mettre de compromettant. Pas de boucles d'oreilles, de bagues, de montre, de sous-vêtements… Juste pour lui. À table, en face de lui, j'ai enlevé mes chaussures. Je rêvais encore à l'impossible quelques min-utes auparavant. J'espérais lui susurrer mon désir en pas de deux sous la table. Nous ne nous disions rien. Nous avions l'air de vrais amoureux. Pourtant, rien n'était moins vrai.

Je lui ai dit finalement :

— Oui, oui, je comprends.

— Non, non, tu ne comprends pas. Justement. Une erreur… une erreur… tu peux comprendre, ça? J'étais ivre et à chaque fois que je bois, je me tape une gonzesse et je le regrette ensuite. Tu peux comprendre ça? Je suis marié. M-a-r-i-é.

Et j'ai complété :

— Et fidèle… oui, oui, je sais.

J'ai remis mes longs talons aiguilles. Toujours assise face à lui, bien droite, je l'ai regardé avec les plus beaux yeux amoureux du monde. Puis, en un geste bien précis, m'appuyant sur les accoudoirs de ma chaise pour plus de force, je lui ai donné un bon coup de talon vous savez où. Les gens assis autour dans le restaurant n'ont rien vu. Nougat s'est étouffé dans un souffle de douleur. Ce sont des mots d'amour qui auraient pu sortir de sa bouche… Mais non, une fois de plus, ce n'était pas ça. Je me suis levée, me suis dirigée prestement vers la sortie et ai laissé derrière moi le pire spécimen d'hommes que j'avais pu rencontrer dans ma courte vie jusqu'à ce jour. Il venait de payer pour tous les autres. Et j'ai compris à cet instant même à quoi servaient vraiment les talons aiguilles !

* * *

— C'est moi…
— Ça va pas, toi ?
— Pas vraiment.
— Qu'est-ce qu'y a ?
— Ben, y m'a laissée.
Micheline : — Pauvre chouette !
Ou Diane : — Ah ! Franchement ! Y ont pas d'allure, les hommes. Ç'a pas de bon sens de te faire du mal de même.
— …
Micheline : — Veux-tu que j'aille te préparer à souper ?
Ou Diane : — Là, tu t'habilles, tu t'fais belle, pis tu t'en vas au cinéma te payer un bon film drôle pis du *pop-corn*. Oublie ça, y valent pas la peine de tant de larmes, voyons donc. Tu vaux ben plus que ça.
— …
Micheline : — OK, je m'en viens, là.
Ou Diane : — Ah Emma ! T'en as vu d'autres, tu sais ben que tu vas en trouver un autre pour r'tomber en amour, pis r'tomber en peine d'amour. T'en fais pas, c'est certain, t'aimes tellement ça.
À Micheline : — Merci, t'es fine.
Ou à Diane : — Merci, t'es fine.
Les jours suivants, je suis allée passer quelque temps à l'abbaye de Saint-Benoît-du-Lac. Bercer mon caramel fade et triste d'apaisants chants grégoriens. Je me sentais si seule. Plus

seule encore qu'aux pages 7, 23, 48, 70 et 90 de ce livre. En pleine caramorragie chronique. Je perdais mon caramel par gros grumeaux faiblards.

Je suis revenue à la maison. En lambeaux. Des fragments de petit moi traînaient dans l'appartement. Et même au bureau. Parce que mon travail semblait au moins me garder en vie. Et la joie de mes clients au bout du fil me rappelait que je n'étais pas tout à fait bonne à rien. Le temps a passé. C'est en partie grâce à mes *chums* de fille que j'ai pu survivre et aussi à nos fidèles réunions hebdomadaires de Naïves anonymes qui, finalement, rendaient plus officiels nos caquetages de filles en mal d'amour.

* * *

13 mars 1983, 1ère réunion des Naïves anonymes.

Nous nous retrouvions parfois à cinq, six ou même dix filles à papoter sur nos histoires invraisemblables où nous faisions étalage des plus beaux exemples de naïveté féminine. D'en rire nous permettait de ne pas en pleurer.

— Ben, les filles, j'ai du nouveau. Il s'appelle Daniel.

— Wow… comme Daniel Lavoie. Chanceuse!

— Ah pis, y est tellement *cute*. Pis y fait bien l'amour!

— Est-ce qu'y a une blonde?

— Daniel Lavoie?

— Non, ton nouveau Daniel.

— Je le sais pas encore. D'habitude, ça prend trois ou quatre semaines avant qu'y nous le disent, non?

— Patrice m'a encore fait la gueule à matin, parce que j'avais oublié de laver son chandail beige hier et qu'y voulait le mettre pour aller travailler…

— Oh, Suzanne, ç'a pas d'allure, as-tu répliqué?

— Non, pas vraiment, mais au moins, c'te fois-ci, je me suis pas dépêchée d'aller lui laver tout suite! J'ai attendu… qu'y soit parti.

— Moi, j'ai appris avant-hier que si Nico venait baiser avec moi depuis un mois, c'était juste parce que sa femme est trop «enceinte» pour faire l'amour avec lui…

— Ah franchement, quel salaud! Jo, ç'a pas de bon sens, faudrait que tu l'envoies promener.

— Non… pas vraiment, je me sens tellement seule sans ça. Au moins, dans ce temps-là, j'ai un peu de tendresse. Pis, de toute façon, j'en voudrais pas de ce gars-là dans mon quotidien. Y a donc pas de danger que j'en tombe amoureuse…

— Le mien, y corrige toujours c'que j'dis. Même quand j'ai raison, y me tient tête. Y accepte jamais d'avoir tort.

— Mon chum, c'est pas mieux, y parle jamais. Je pense que j'aimerais ça des fois qu'y parle trop!

— Josiane, vois-tu encore ton camionneur?

— Je trouve ça tellement *sexy*, moi. Il vient toujours te chercher le soir pour ses voyages aux États-Unis, puis y te ramène le matin?

— Après que vous avez fait l'amour comme des déchaînés dans la petite chambre secrète de la boîte du camion dans un stationnement de restaurant pour camionneurs?

— Oui, oui…

— Mais y t'a pas encore dit qu'y avait envie de laisser sa blonde et ses enfants pour toi?

— Non, pas vraiment. Mais vous savez, dans le fond, ça fait mon affaire. Avec mes dernières histoires d'amour tordues, j'ai pas envie d'avoir quelqu'un à temps plein dans ma vie. Avec lui, c'est toujours une belle surprise. Puis, à part ça, je continue mon petit bonhomme de chemin sans trop d'émotions. C'est moins exigeant.

— Moi, au moins, l'avantage, c'est que c'est moi qui rapplique. Mon chum a toujours aimé mieux ça. De c'temps-ci, j'ai un nouveau truc. Je l'appelle au bureau, me fait passer pour une cliente qui a besoin de ses services et je lui donne rendez-vous dans les places les plus folles pour faire l'amour. Ça met du piquant dans notre vie amoureuse. Bon, c'est toujours juste des p'tites vites… Mais après neuf ans, c'est bon quand même.

— Est-ce qu'y travaille un peu moins qu'avant?

— Non, pas vraiment. Bon, on fait beaucoup d'argent, on a une belle maison, une belle piscine, mais on peut pas voyager, on peut presque pas se voir, parce qu'y est toujours au travail. Pis moi aussi, de toute façon.

— Et toi, Doris, t'es toujours la *boss*?

— Ouais, y prend toujours pas plus de décisions qu'avant.

— Mais c'est agréable, non? T'as le gros bout du bâton!

— Non, pas vraiment. C'est toujours moi qui organise tout… Et si ça marche pas, j'ai aussi droit aux reproches qui vont avec.

Je regardais mes amies avec un petit sourire en coin. Sans mot dire.

— Puis, toi, Emma? Allez, raconte-nous une autre de tes histoires. T'as du nouveau?

Et France de s'esclaffer:

— Envoye Emma, t'as toujours une nouvelle page d'histoire d'amour sucrée à nous raconter! Du vrai bonbon!

* * *

On était au milieu des années 1980. Je n'avais pas l'impression d'être plus avancée qu'en 1970. Je me suis pansée du mieux que j'ai pu. J'allais au cinéma, toujours selon le bon conseil de ma sœur Diane. Voir que des films d'animation pour enfants. Ça me gardait le cœur en vie. Et je mangeais des Rolo. À vrai dire, j'aimais tout autant ces chocolats au caramel que ces films qui amusaient l'âme. J'ai survécu ainsi. J'étais devenue une cinéphage.

Une chance que j'avais aussi Marcel dans ma vie. Marcel m'était fidèle comme nul autre. Il ne se plaignait jamais du manque de diversité de son menu. Ne buvait que de l'eau. Il aimait l'odeur de mes chaussettes sales. Et de mes espadrilles trouées. Mes vieux jeans le réconfortaient. Il ne se lassait jamais de me coller. De coucher avec moi. De me caresser au passage. De m'aimer de façon inconditionnelle. Le ronron insatiable en plus. Il me suivait comme mon ombre dans la maison. Lorsqu'il était bébé, Marcel tenait tout juste dans ma main droite. Une petite puce de poils noirs. Qui ronronnait comme douze. Même qu'il s'en étouffait parfois. Puis il a grandi. Soudain. Comme un *pop-corn*. Il est devenu un Hulk touffu. Tiens, Hulk est un personnage qui semble bien obséder la narratrice de ce roman… En quelques mois à peine, il avait atteint le poids honorable de 16 livres. Seize livres d'amour sans condition. Et il n'était pas gras. Seulement baraqué. Comme un yack des prairies mongoles. Une houppette musclée. Cuisses fermes. Larges pattes poilues qu'il lavait interminablement. Une queue en boa de plumes d'autruche. Un costaud. Mais un costaud pissou. Marcel était encore un adolescent quand il avait dû affronter les chats du voisinage qui voyaient en lui un monstre des ténèbres. À abattre. Alors, ils le défiaient. Et Marcel revenait à la maison en coup de vent. Terrorisé. Les poils dressés sur le corps. Oreilles aplaties. Souffle court. Tachycardie. La tremblote en prime. Si bien qu'un soir, il n'avait même pas eu le temps de remarquer que la porte-moustiquaire était fermée. Il est passé carrément au travers. Et s'est ainsi fait une chatière improvisée!

Marcel était convaincu qu'il n'était qu'une tête. Quand il venait me rejoindre la nuit, il me passait directement sur le visage et lovait près de mon oreille cette tête qui n'en finissait pas de me lécher. Le problème, c'était qu'il laissait traîner derrière lui tout le reste des quinze livres et demie (une tête de chat pèse certainement moins qu'une livre) sur mon visage. Je me réveillais, alors, au bord d'un cauchemar, avec le sentiment d'avoir un plumeau à épousseter enfoncé dans une narine.

Le jour, il était toujours en quête inlassable de caresses. Quand il venait s'étendre sur mon clavier pour se faire aimer, il provoquait en une fraction de seconde 58 pages de paragraphes vides. S'il s'étendait sur le journal que je lisais, il le recouvrait au complet. Pour avoir un peu plus d'espace pour dormir, j'avais même dû me résigner à acheter un lit « king », cher pour mon petit salaire. Mais tout pour mon cher roi des animaux.

Mon matou perdait son poil aussi. Beaucoup de poils. Quand je sortais et qu'on m'abordait en me disant : « Tiens, toi, tu as un chat ! », je savais bien que j'avais transporté la moitié de Marcel sur mon chandail. Je faisais pourtant vivre la compagnie de rouleaux adhésifs anti-poils. Mais rien n'y faisait.

Puis, un jour, il s'est fait un ami. Qu'il a appelé Étienne. Un chat noir, un confrère bien sûr, mais à poils ras. Un fournisseur en poils longs dans la maison, c'était déjà beaucoup pour mon faible aspirateur. Étienne était un beau petit minou, mais sauvage. Que des sauvages avaient probablement laissé derrière eux, à la suite d'un déménagement. Alors je le nourrissais. Il venait traîner sa solitude avec la nôtre. Marcel lui avait fait faire le tour de l'appartement. Il venait dormir sur le canapé, mais s'enfuyait aussitôt qu'il me voyait. Par la chatière-moustiquaire de Marcel. Ils sortaient bambocher ensemble à la tombée du jour. La nuit, tous les chats sont noirs, n'est-ce pas? Je voyais de moins en moins Marcel. Je m'ennuyais de plus en plus. Je commençais à me sentir à nouveau seule. Bon, je devais bien me l'avouer: il fallait que je me trouve un homme à aimer. Malgré le fait qu'il allait se plaindre du manque de diversité de mon menu. Qu'il boirait plus que de l'eau. Qu'il n'aimerait ni l'odeur de mes chaussettes sales ni celle de mes espadrilles trouées. Qu'il détesterait les jeans troués. Qu'il n'aurait pas toujours envie de coucher avec moi. Ou qu'il n'aurait envie que de cela et rien d'autre. Qu'il oublierait de me caresser au passage. Qu'il m'aimerait à de multiples *conditionssssssssss*.

Malgré tout cela, j'en étais venue à la désolation qu'il fallait quand même que je me trouve un homme à aimer. Une belle grosse puce avec poils au menton qui m'égratigneraient au petit matin. Car ma vie commençait à manquer de complications.

Puis, je l'ai entrevu. Pas dans un de ces films. Non, en réalité. D'abord, j'ai fait comme si de rien n'était. Ça n'existait plus, «un homme dans ma vie». J'avais scellé mon emballage à nouveau. Rien ne pouvait l'ouvrir. Mais je pouvais au moins le regarder. Lécher la vitrine d'une confiserie n'a jamais donné mal au cœur. Il était tellement beau. À vrai dire, si beau qu'il n'était pas dangereux. Il ne pouvait tout simplement pas exister. Un mirage. Un *homo-gramme* parfait. L'homme dans toute sa splendeur. Superbe. Cheveux bruns bouclés. Encore des yeux bleus d'eau de mer. Corps alléchant. Gestes frémissants. Comme un héros de dessin animé que l'on fabrique par ordinateur. Il brillait de toute sa beauté. Soudain, je suis tombée sur les genoux. Terrassée. Le caramel fracassé. Sans m'en rendre compte. Le plaisir de souffrir d'amour était donc encore présent en moi? J'étais une vraie femme, quoi! Alors que je me croyais asséchée à jamais, une nouvelle extase se pointait le bout du nez satiné. Il avait tout l'aspect d'un beau fruit défendu. Savamment enrobé d'un fin voile de sucre. Je ne pouvais tout simplement pas résister. Il était irrésistible. J'étais incorrigible.

Fruit Confit

Lorsqu'il trône au milieu de la table, le fruit confit
attire tous les regards. Si alléchante, cette friandise
fort onéreuse s'affiche dans tous les grands événements.
Mise en garde : Sa chair acidulée nous rappelle
qu'au début des temps, le fruit fut aussi la source
de tous nos problèmes.

Il avait déjà tout prévu. Je n'y pouvais rien. Je ne voulais même pas essayer de résister. J'avais envie d'un peu de problèmes dans ma vie et il semblait le candidat idéal. Mon existence manquait de piquant ! Et, dans ces moments plus fragiles, mon caramel n'avait plus le sens du combat. Par ailleurs, il ne possédait pas d'armure assez ferme pour se protéger d'un si bel assaut. Adolescente, j'avais lu juste assez de romans Harlequin pour croire que c'était possible et juste trop pour me douter que cela n'arrivait que dans les livres. Toutefois, je tentais quand même de ne pas oublier le poids de mon baluchon de malheurs amoureux que je traînais sur mon cœur. Mais il paraîtrait que c'est comme les accouchements. On oublie vite la douleur et on est prêtes à recommencer. Je me suis donc laissé emporter par cet aguichant bouche-à-bouche comme dans les vents d'une tornade.

Ce jour-là… J'errais à un cocktail monotone grouillant de Regardez-moi-je-suis-un-artiste. Scène plutôt grotesque. Une maigriotte filiforme avait fendu sa jupe juste un peu trop pour que les hommes trouvent que ce n'était juste pas assez. Une courtaude à gorge déployée avait inversé son chandail pour que son décolleté jusqu'aux reins, maintenant devant, fasse tressaillir tous ses interlocuteurs qui ne se souviendraient jamais qu'elle n'avait rien à dire. Plus loin, un être mi-femme mi-homme, en quête désespérée du rôle de sa vie, en était à sa huitième coupe de champagne renversée sur la chemise de soie d'un producteur qui en viendrait peut-être ainsi à la/le remarquer enfin. Plus loin, un quelqu'un quelconque caressait avec insistance le postérieur convoité d'une autre simili-femme. Tous autour s'amusaient à imaginer la réaction du prédateur lorsque, au moment crucial, il découvrirait que la sulfureuse Ève cachait bien plus qu'une pomme d'Adam. Dans le coin sombre du bar, un grand squelette timide et attendrissant souriait aux dames un bon moment après leur passage près de lui.

En plus de la présence flamboyante de tous ces énergumènes hétéroclites, la salle était surtout bondée de pâteux machos qui susurraient de l'inutile à l'oreille de blondinettes platine pendant qu'ils souriaient goulûment, du coin de l'œil, aux brunâtres plantureuses un peu plus loin. On voyait également ici et là quelques jeunes débutantes diaphanes, la bouche entrouverte, les yeux prédateurs, vénérer de la poitrine un réalisateur en sueur qui n'en avait que pour cette productrice indifférente à son futur mégafilm avant-gardiste d'un tout nouveau style porno-didacto-fondamentaliste.

La faune. La flore. Défloration dans toute sa candeur.

Et il y avait aussi les Autres. Les beaux. Les sympas. Les *cools*. Les anges. Les divinités. Les parfaits. Les effacés qui se laissent aller à n'être que le meilleur d'eux-mêmes. C'est-à-dire eux-mêmes simplement. De tendres gâteries ambulantes. Du bonbon à se pourlécher le cœur sans avoir la possibilité d'y poser juste le bout de la langue. Pas touche. Inaccessible. La classe. Le sexe plus ultra.

Ceux qui, comme David La Haye, vous donnent l'envie folle d'aller vous cacher sous le tapis par excès de malaise heureux lorsqu'ils jettent un seul regard en votre direction. Et pire encore, quand ce mec au regard d'Enfant d'eau et au profil parfait de statue grecque vous sourit un instant, c'est la fondue au caramel carbonisée au nucléaire. Mais comme il en regarde vite une autre, ouf! notre caramel est sauf!

Et puis surtout, il y avait ce Lui aussi, tout près, qui ne demandait qu'à se confire mon caramel. Accessible. Si accessible, lui.

À toutes.

J'étais à engloutir chou après chou à la crème de l'immense saint-honoré caramélisé qui trônait au cœur du buffet quand j'ai levé les yeux vers lui. Là, juste à côté de moi. Un chou à la main lui aussi. Un chou lui-même. À vrai dire, il était plutôt le plus irrésistible fruit confit que j'aie eu envie de manger dans ma vie. Fruit défendu juste assez humide pour conserver toute sa saveur intérieure et saupoudré d'un sucre qui le rendait brillant comme un bonbon recouvert de paillettes. Et qui me regardait en souriant. Un fruit confit dans toute sa perfection. Qui s'intéressait à moi. Avec, en plus, une mèche brune bouclée qui lui tombait dans l'œil. Comme une feuille qui retombe négligemment sur la poire confite. Il était trop tard. Le mal était fait. Mon caramel était prisonnier. Déjà collé à lui. Arrêt sur image.

Scène 1, prise 1.

Fruit confit était brillant. Il savait comment faire fondre une femme. Pour lui, du caramel, c'était une bagatelle. Il s'est tourné vers moi et a déposé gentiment sur le bout de ma langue le chou à la crème qu'il avait entre les doigts. Puis, se les a léchés en souriant. Caramel de caramel… Je me suis élancée dans le saint-honoré. La bouche grande ouverte. Afin de faire le plein de choux. Et faire le vide de sa présence dans ma vie. Trop tard. Mon caramel en avait décidé autrement. Je lui ai souri. La bouche pleine. Des morceaux de pâte entre les dents. De la crème fouettée aux commissures des lèvres. Particulièrement séduisante. Il a continué à me sourire dans un regard brad-pittien. Me fixant jusqu'au fond de ma petite culotte. L'unique pensée qui me bombardait l'esprit : sauter à nouveau dans le saint-honoré pour aller m'y confondre comme une caramé-léonne. Sauve-qui-peut !

Comment auriez-vous réagi, vous, si un alléchant Fruit confit vous avait souri comme Brad Pitt, regardée comme Johnny Depp et approchée comme Antonio Banderas ? Confondant, non ?

J'imaginais déjà Fruit confit en cinémascope dans mon lit. Mieux que cela, en animation 3D, sur écran IMAX.

Scène 2, prise 1.

Il n'a même pas parlé. Il était plutôt du genre cinéma muet. Du style « Regardez-moi, ai-je besoin de dire quoi que ce soit ? » Fruit confit était si beau. Si impeccable. Si apprêté avec minutie. Tout était pensé. Chaque geste. Chaque grain de sucre semblait y avoir été déposé avec un calcul précis. L'ultime fruit défendu à la portée de mes mains. Il savait aussi utiliser les siennes. Il avait étudié la gestuelle en art dramatique. Il aimait se regarder bouger. Et surveiller le regard admirateur des autres posé sur lui. Mais être si beau, ne ferions-nous pas tous la même chose ? Je ne me souviens pas de la façon dont il m'a enfilé mon manteau pour me sortir de cette conférence de presse-agrumes, ni comment il m'a enlevé mes vêtements pour entrer dans mon lit. Mais je me souviens bien de la Scène 3, prises 1-2-3-4-5-6-7-8…

À vrai dire, nous avons passé la nuit à répéter les gestes gourmands de cette scène. Question d'en maîtriser la recette le plus possible. Toutes les cascades sans doublure à part ça. Tous les ingrédients y étaient. Nous n'avons même pas changé de décor. Bon, les maquillages ont fini par se défraîchir à la dix-huitième prise, mais l'éclairagiste était indulgent. On filmait à la chandelle. Quelles séquences suaves! Les aventures légères d'un Fruit confit nappé de caramel.

Quand Fruit confit marquait un temps d'arrêt pour me regarder comme Christophe Lambert dans *Greystoke*, je devenais alors aussi insignifiante que Bo Derek dans *Tarzan, l'homme singe*. Nous sommes demeurés ainsi en suspension *Quelque part dans le temps*. Durant une longue fin de semaine. Il tenait son rôle de jeune premier à merveille. Je me contentais de celui de la figurante bien enrobée. Il avait besoin de pratique. C'était ce qu'il m'expliquait. Entre deux regards sur le miroir. Qu'il m'avait fait déplacer pour les besoins de la cause. Et il aimait tellement les reprises. Glisser encore et encore son bonbon juteux dans ma bonbonnière accueillante. S'exercer pour être à son meilleur le soir de sa première. S'exercer sans tenir compte de ma seule présence. Maîtriser son rôle à merveille. J'ai rapidement eu l'impression qu'il se faisait l'amour à lui-même. Avec mon corps. Se roulant dans mon caramel à souhait. Je me sentais un peu seule. Une fois de plus seule à deux. L'histoire de ma vie. La destinée de mon caramel. Mais il était si beau et si présent… en moi.

Tant besoin de moi pour être lui-même.

Et j'ai vite compris son scénario. Lorsque Fruit confit se collait à moi, c'était plutôt pour sentir ses formes musclées contre mon corps. Percevoir sa virilité et s'en gaver. Une passion miroir. Fin finaud confit. Il soupirait du plaisir qu'il se donnait à lui-même. Il s'aimait. Il se caressait contre mon corps. Il se servait à même moi-même. Il siphonnait tout mon caramel avec avarice et vice. Jouer l'«homme» dans toute sa splendeur, c'était certainement sa meilleure scène !

Chaque fois, avant que je réagisse, il entrait en scène chez moi comme un hypoglycémique enragé se précipite dans une confiserie. N'importe quand. Au moment de son inspiration. En quelques respirations, il jouissait de son rôle. Me mettait en scène. Et repartait plus confit que jamais. Fier de lui.

Avec Fruit confit, je suis devenue un décor, un accessoire, une bruiteuse, une déshabilleuse et une souffleuse. J'aspirais tout simplement à tenir le second rôle un jour. À ses côtés. Alors, j'attendais. Patiemment. Pendant qu'il se faisait l'amour. Un jour, peut-être, me verrait-il sous lui ? Je me sentais juste un peu moins seule que seule toute seule.

Lui, il ne s'était jamais tant aimé !

Puis, un soir, il m'a invitée à une mirobolante surprise-party. «Fais-toi appétissante», m'avait-t-il demandé. L'accessoire devait absolument lui aller à ravir. Pour épater la galerie. Pour exciter les frugivores. Le désir au dessert. Je me suis dit que ça me divertirait de voir d'autres fruits confits faire les cons. Tous y étaient. Pétards flamboyants, pétards mouillés. Cinéma, publicité, communications. La crème. Le lait. Le petit lait aussi.

Fruit confit attirait tous les regards, tous sexes confondus. Il m'a entraînée le long de la piscine, marchant devant moi à grandes enjambées théâtrales. Je marchais derrière lui, à petits pas de coulisses. Déjà en ras-le-bol au bord du précipice. En attente de l'impossible. Plus il avançait, plus il levait le menton. Moins il tenait compte de mon absence à ses côtés. Après le quarante-deuxième salut de la vingt-deuxième mielleuse voix féminine, j'ai compris pourquoi il avait tant de technique au lit. Il n'avait pas étudié à l'Actors Studio, il avait exercé son métier sur le terrain. Il me restait juste assez de caramel au cœur pour en faire une triste boule de marbre. Et me retourner pour ne plus le voir. Mon imaginaire Brad Pitt était plutôt un insipide Paul-nographique de médiocres films de série B. Je ne serais dans sa vie qu'une jeune première qui deviendrait vite la dernière après avoir passé quelques auditions pour sa scène de narcissique mollasse. Ralentissant le pas, je l'ai laissé se pavaner. Blouse entrouverte. Poils en frisette et jolie couette. Dans un frou-frou de soupirs féminins assoiffés de sa splendeur sirupeuse. Je me suis arrêtée. Le caramel déchu. Un nuage vaporeux d'araignées féminines avait englouti sous elles mon pulpeux Fruit confit qui ne rêvait que de cela.

C'était déjà l'heure de la tombée du rideau. Si vite. Je n'avais même pas eu le temps d'apprécier le rôle de la vedette principale. La pellicule s'était déchirée en plein milieu du film. Au générique, on trouverait mon nom en caractères maigres dans la liste interminable des figurantes. Défigurée. Et une mention : « Veuillez prendre note qu'au cours de la scène d'abandon, le caramel de la jeune femme n'a pas été maltraité, seulement meurtri. Prière de ne pas porter plainte à la Société protectrice des anormaux. Elle est habituée. Elle s'est entraînée une bonne partie de sa vie pour cela. »

J'ai sauté dans un taxi. Le caramel en boule dans la gorge. Un volcan de larmes en tête. Le chauffeur de taxi fredonnait « lalalala chabadabada chabadabada, toutes elles y passent chabadabada chabadabada, et c'est la poisse chabadabada

chabadabada, quel dégueulasse, j'y haïs la face… »

J'ai payé la course. Cet air en tête. Comme s'il savait. Lui aussi. Les chauffeurs de taxi en connaissent bien plus que l'on ne pense. Par habitude. Une parmi tant d'autres. Toutes elles y passent. Quel dégueulasse. Chabadabada…

Scène 4, prise 1.

Je suis entrée à la maison. Le caramel terne. Sans vie. Sombre. Les ombres de la nuit avaient envahi chaque recoin de mon petit appartement. Hitchcock aurait certainement été inspiré. Chez-moi d'horreur. Le vide. Non, car à vrai dire, il y avait la solitude. Bien présente. Partout. Dans chaque recoin. Dans mon grand lit. Devenu soudain démesurément grand. J'y ai étendu le peu de caramel qui me restait dans le cœur pour l'apaiser un peu. L'ai caressé. Il n'était plus collant. Inerte. Et je pleurais. J'en avais assez. Ratatinée, dissoute, amère.

La sonnerie de la porte a interrompu ma divague à l'âme. Trois heures du matin. Pour un instant, j'avais oublié d'avoir peur. Maintenant, ça y était. Après tout, j'étais une femme. En enfilant mon jean et un gros coton ouaté, je me suis approchée de la porte. Le caramel tremblotant. L'esprit vaseux. Le sonneur insistait. En regardant par l'œil magique, j'ai vu un visage bouffi qui suppliait de lui ouvrir. Lorsque j'ai ouvert, c'est un torrent de larmes qui m'a sauté dans les bras. Et dans ce raz-de-marée, j'ai aperçu Jacinthe. Alors qu'elle s'épongeait sur mon coton ouaté, je commençais déjà à comprendre. Son beau « Richard, cœur de bonbon » l'avait certainement laissée tomber. Nos larmes féminines se ressourcent toujours au puits intarissable des bavures mâles. Ces larmes forment nos rides. Les hommes nous aiment sans rides. Alors pourquoi nous font-ils tant pleurer? Bon, d'accord, nous y sommes un peu pour quelque chose…

Dans un regain diluvien de larmoiements hystériques, elle a sombré dans mes bras plus profondément encore. Submergée au creux de mon coton ouaté. Je sentais déjà mon caramel se durcir. Prête à partir en guerre. Mes canines s'allonger. Mes griffes rétractiles se pointer. Un grognement sauvage me monter à la gorge quand j'ai refermé la porte d'un coup de bassin agressif et pris son visage noyé dans mes mains en lui demandant :

— C'est Richard ?

— C'est Richard.

— C'est fini ?

— NON ! m'a-t-elle hurlé dans une bourrasque de larmes.

— Euh… tu l'as laissé ?

— NON… mais NON ! C'est bien pire !

— Une autre ? murmurais-je.

— Mais NON !

— MAIS QUOI ALORS ?

Dans un cri de douleur, elle m'a lancé de toutes ses forces :

— IL M'AIME !

— …

— On s'aime !

— Ah bon…

— C'est dramatique !

— Oui, je comprends maintenant.

— C'est pas normal. On s'aime trop. C'est impossible de l'amour de même. Impossible !

J'imaginais quel drame elle pouvait vivre à l'instant. Ils s'aimaient trop. Ils aimaient trop être ensemble. C'était trop beau. Trop bon. Trop comme il faut. Jacinthe ne souffrait pas assez. Ils ne se disputaient pas assez. Ne se jalousaient pas assez. Ils étaient trop bien ensemble. Quel drame dans la vie d'une femme! Elle a enchaîné dans un nouveau flot de larmes:

— Il m'apporte des fleurs. D'immenses bouquets de roses blanches à toutes les semaines. Il m'appelle au bureau juste pour me dire qu'il pense à moi. Me laisse des petits mots d'amour dans mon sac à main. Dans le miroir. Il m'achète des cadeaux et moi aussi j'ai envie de lui faire tout ça. Alors je le fais et il aime ça. IL AIME ÇA! Il a toujours le geste tendre. Ahhhh!… Il m'aime, c'est terrible! On s'aime… qu'est-ce que je vais devenir?

C'est alors que j'ai compris toute l'angoisse qu'elle vivait. Pauvre Jacinthe. Elle n'avait pas le temps de s'ennuyer de lui. D'imaginer qu'il la trompait. Elle ne pouvait lui en vouloir. Pour rien. Elle ne pouvait douter de lui. Il était parfait. Comme ce devait être épuisant de ne pas pouvoir être malheureuse juste un seul instant.

Comment réussir à vivre heureuse avec un homme quand on n'a appris qu'à être malheureuse avec eux?

J'ai réussi à la calmer un peu en lui racontant ma nouvelle déconfiture avec mon Fruit confit amer. Ça lui a fait du bien de constater qu'il existait encore des hommes normaux sur cette Terre. Un peu rassurée. Mais encore inquiète à propos de ce qu'elle devrait faire. Après quatre années d'un amour sans faille, il fallait remédier à la situation. Nous en sommes donc venues à la conclusion qu'elle devait absolument le laisser quelque six à huit mois, histoire de souffrir un peu pour renouer avec la réalité. Elle m'a souri, enchantée. Comment n'y avait-elle pas pensé? C'est ça, elle le laisserait dès cet été. Question de passer aussi le prochain temps des Fêtes seule. Retrouver le confort d'un désespoir solitaire. C'était ça, la vraie vie. Elle m'a serrée bien fort dans ses bras et est repartie soulagée, dans un coup de vent.

Scène 4, prise 2.

J'ai donc repris cette scène avec toute la désolation visqueuse d'un caramel en mal de se coller à quelque chose. Toujours aussi seule. Encore plus seule de savoir que mon amie souffrait d'un trop-plein de bonheur. Mon caramel avait fini par se figer dans un sommeil lourd quand la sonnerie de la porte a retenti à nouveau. 4 h 30 du matin. Décidément. Parlez-moi d'une heure pour tenter de comprendre pourquoi on est heureuse. Si Jacinthe remettait ça, c'est moi qui m'effondrerais dans ses bras en larmes. Cette fois, par l'œil magique, je n'ai aperçu qu'un énorme bouquet de roses rouges. Je n'aime pas les roses. Je préfère les marguerites. Enfin. Jacinthe en avait-elle trop reçu et venait-elle se départir de son surplus ? J'ai ouvert. Tiens, tiens. Mon beau ténébreux à petite couette en train de se confire en excuses avec des roses. Monsieur Fruit confit avec un zeste de remords. Pas possible ! J'avais encore son noyau pris dans la gorge. Il se fondait encore plus en excuses. Il aimait tant se coller à mon corps tout chaud. Il aimait tant que je l'aime. Il aimait tant... Et il continuait. Trouvait de plus en plus les mots que je ne devais pas entendre. Mon caramel se réchauffait. Attention, danger. J'étais fatiguée. Il faisait nuit. Mon caramel était en danger. Fruit confit a glissé sa main toute lisse dans mon dos. Et m'a chuchoté des mots dont je ne me souviens plus. Des mots qui font qu'on n'entend plus rien. Qu'on ramollit. Qu'on ne se porte plus. Comme une cocaïnomane en manque qu'on viendrait de saupoudrer.

Il est entré. Il a jeté sa veste sur le fauteuil. Il a enlevé ses chaussures. Il est passé dans la chambre. Mon Brad Banderas était étendu sur le lit nu comme un ver dans une pomme confite. Et il m'attendait. J'avais le caramel à *137,2... la nuit...* Je m'avançais vers le lit, le caramel grillé, quand j'ai eu un haut-le cœur. C'en était assez. Il fallait que je réécrive la scène. Il y avait erreur. Le fondu enchaîné de mon caramel était une erreur. Alors, j'ai vite remanié la scène.

Scène 4, prise 3.

J'étais très seule. Encore plus seule qu'à la prise 2. Mon caramel était tout de même figé dans un sommeil lourd quand la sonnerie de la porte a retenti de nouveau. 4 h 30 du matin. Décidément. Passons l'épisode de Jacinthe, faisons tout de suite un gros plan sur la scène principale.

Par l'œil magique, j'ai aperçu le fameux bouquet de roses rouges. Je n'aime pas les roses. Je préfère les marguerites. Vous le savez maintenant. Bon, d'accord, je me répète. Mais c'est pour être certaine que vous m'offrirez des marguerites et non… Bon, je sais, je sors du cadre. Revenons-y.

J'ai ouvert. Tiens, tiens. Mon beau ténébreux à petite couette en train de se confire en excuses avec des roses. Monsieur Fruit confit avec un zeste de remords. Bon, c'est ici que l'on modifie l'intrigue.

En héroïne, je le regarde et lui dis plutôt:

« Quel dégueulasse, je t'haïs la face ! » Et lui recrache son noyau que j'avais dans la gorge. Il se fond encore en excuses. Il aime tant se coller à mon corps tout chaud. Il aime tant que je l'aime. Il aime tant… Disons que ce texte-là, Fruit confit l'avait appris par cœur, alors pas question de le changer. Il avait tellement peu de mémoire.

Il regardait le bout de ses souliers, déchiré de repentirs.

Et il continuait. Trouvait de plus en plus les mots que je ne devais pas entendre. Mon caramel se réchauffait. Attention, danger. Fruit confit a glissé sa main toute lisse dans mon dos. Vous savez bien, dans la vie, on refait souvent les mêmes gestes encore et encore. Moi aussi, il y a des rôles que je sais par cœur.

Il m'a chuchoté des mots qui font qu'on n'entend plus rien, qu'on ne se porte plus. J'étais comme une cocaïnomane en manque qu'on viendrait de saupoudrer.

Et on continue la scène. Il est entré. Il a jeté sa veste sur le fauteuil. Il a enlevé ses chaussures. Il est passé dans la chambre. J'ai fermé la porte. Mais attention, quand même. Une héroïne a ses limites de tolérance à la douleur.

J'ai eu tout à coup une bouffée d'acidité. Mon Brad Banderas était étendu sur le lit. «Quel dégueulasse, je t'haïs la face!» Nu comme un ver dans une pomme confite. La queue bien en l'air. Il m'attendait. «Quel dégueulasse, je t'haïs la face!» Si sûr de lui. Alors, je me suis avancée vers le lit. Le caramel en feu.

Et j'ai crié :

— COUPEZ !

Je ne l'ai jamais revu. Et c'était bien mieux pour lui. On ne sait pas ce qu'une femme qui commence à comprendre les hommes peut faire.

* * *

Pour alimenter nos convictions que les hommes étaient tous pareils, nous continuions nos réunions de Naïves anonymes.

— Allez viens donc, Jacinthe. Ça fait longtemps qu'on s'est pas vues. Tu vas voir. On rigole entre copines. C'est juste ça.

Jacinthe a gardé le silence un instant. Puis, j'ai entendu soudain un profond sanglot au bout du fil.

— Bon, OK, je comprends. Pauvre toi. T'es toujours aussi heureuse. Pas de problème, je le dis aux autres. Elles vont comprendre.

* * *

17 juin 1988, 103ᵉ réunion des Naïves anonymes.

— Bon, bien les filles, Jacinthe, ça continue de plus belle.

— Est encore heureuse?

— Ah lalala!

— Elle doit être épuisée!

— Les filles, je dois vous avouer… moi aussi, je pense que je continue à être heureuse. Même que Claude pis moi, on va se marier. On veut faire des bébés en plus.

— Johanne, c'est pas vrai?

— Bienvenue dans la consœurerie des Naïves anonymes.

— Josiane, ça s'peut peut-être, t'sé, l'ai-je coupée.

— Toi, Emma, tu penses vraiment qu'on peut être assez heureuse avec un homme pour se marier avec lui? POUR LA VIE, V-I-E!

— Moi, non, mais les autres, ben, peut-être…

* * *

Le temps a passé. L'hiver 1989 s'est amené. J'avais froid. Encore. Alors, j'ai décidé que j'avais grandement besoin de prendre des vacances. Au chaud.

Bonbon aux patates

Ce rouleau se compose de pommes de terre pilées,
de sucre à glacer et de beurre d'arachides.
Mise en garde : Trop sucré, pas subtil et très pâteux.

C'était décidé, je partais pour Cuba. Seule. Me reposer la tête, le corps, le cœur. Une pause de débonbonrdements amoureux. Enfin la sainte paix. La mer, le sable chaud, le soleil. Faire dorer mon caramel. Le calme plat. Devenir un lézard heureux.

À mon arrivée à destination, un couple hétéroclite et leur fillette grassouillette ont attiré mon attention. Froissés et froufroutants. Ils semblaient sortis tout droit de la soute à bagages. À croire que la compagnie aérienne les avait enrôlés pour dérider les voyageurs. La femme se dandinait en déséquilibre instable sur de vertigineux talons aiguilles du très haut de ses six pieds faméliques. Chacun de ses pas chancelants semblait à moitié posé sur un fil de fer. Ses longs cheveux décolorés et grichoux telle une perruque défraîchie du XVIIIe siècle lui tombaient sur les épaules en fils barbelés entremêlés. Je demeurais perplexe à savoir si ses yeux étaient exorbités de nature ou dans le simple but de repérer tous les obstacles pouvant la faire basculer de son piédestal précaire. La tête en

vadrouille. Le corps en apesanteur. Les pieds d'une marion-
nette désarticulée. Une godiche dodelinante. Pour colorer le
tout, elle était accoutrée d'un pantalon de Fortrel bleu poudre
et d'une camisole… bleu poudre aussi. Si serrés contre son
corps maigrelet que le sang n'y circulait qu'aux heures de
pointe. Cause à effet de sa blancheur cadavérique.

Quant à l'homme, il semblait sorti d'une boîte à surprises
en direct de Saint-Tite. Savait-il qu'il était à Cuba ? Il était
étouffé sous une épaisse chemise en flanelle noire à franges
blanches. Jean noir pâli à pattes d'éléphant. Bottes de cow-boy
gris calcium. Et par-dessus tout cela, une lourde veste de suède
brunâ-verdâtre à franges. Cerise sur le coco, monsieur portait
en permanence, comme le reste de ses vêtements d'ailleurs, un
chapeau de cow-boy à larges rebords mollassons. Et surtout, il
avait toujours son caméscope en main. Obsessif et obsédant. Il
ne verrait tout ce voyage qu'à travers la lentille de son inséparable caméra. Dès les premiers instants dans l'avion jusqu'aux
derniers instants dans l'avion. Caméra ambulante.

Leur fillette, âgée d'une dizaine d'années, s'agrippait désespérément à la main squelettique de sa mère. Le regard rivé au
sol. Avançant à petits pas miteux. Les pieds par en dedans.
Dans ses grosses bottes de mouton détrempées. Grassouillette
et inquiète. En sueur. Sa respiration courte et saccadée était
tout autant provoquée par son angoisse du voyage que par son
pantalon de velours côtelé orange trop serré dont le bouton de
ceinture n'attachait plus. Tous les trois étaient une source de
divertissement intarissable.

Il y avait ce couple de jeunes mariés aussi. Plus discrets, mais
aussi fascinants. Rivés l'un à l'autre. L'osmose. Noyés dans les
yeux l'un de l'autre. De temps en temps, ils remontaient à la
surface. Regardaient quelques secondes autour d'eux. Puis

replongeaient en apnée dans leur sourire mutuel. Seuls au monde. Amour abyssal.

Elle était si mignonne sous son chapeau de paille à ruban rose. Bougeant le moins possible pour ne pas froisser son costume… rose, acheté spécialement pour ce voyage de noces. Lui, les cheveux bien lissés. Séparés sur le côté. Essuyant sans cesse ses mains moites de désir sur ses pantalons trempés. Trempés dessus et dedans. Un gars, ça ne peut pas se retenir indéfiniment. Elle ne savait pas. Il l'a appris à ce moment-là. Ils ne savaient pas grand-chose du domaine de la confiserie à vrai dire. Ensemble, ils dévoreraient l'inconnu. Sans assurance, ni lubrification, trop nerveux, en quelque dix ou onze soubresauts et quart, ils finiraient par faire « la chose sucrée ». À la noirceur de leur chambre d'hôtel. Sous les draps. Sans se voir. Sans savoir. En se goûtant d'abord du bout des lèvres. Y prenant goût. Puis, se gavant ensuite l'un de l'autre durant des heures et des heures.

Au loin, l'œil au viseur de son inséparable caméra, notre cow-boy filmait sa grande sirène efflanquée qui donnait un bisou à son billet d'avion, gloussant à sa petite de faire comme maman. En l'incitant d'un coup de hanche. Ils me faisaient rire. La scène occupait mon regard qui évitait ainsi de faire du repérage *ailleurs*. Le petit lézard allait pouvoir se couler doux le caramel. La règle de ces vacances : éviter tout contact visuel ou tactile avec un éventuel bipède machiavélique. Se rouler jour après jour dans la section desserts du buffet pour être rassasiée. Faire la tartinade sur ma serviette de plage toute la journée. Dormir comme un bonbon empapilloté dans une boîte hermétique dans une chambre cloîtrée au fond d'un entrepôt en surplus de stock. Enfin, je n'avais que de bonnes résolutions, il s'agissait de m'en souvenir plus de deux minutes.

Notre trio familial western était maintenant arrivé à la plage non loin de moi et je m'amusais à admirer leur art de se compliquer l'existence. Ils avaient tout apporté. Chaises longues. Parasols. Glacière. Et sacssssss de chips. La petite grosse était assise dans le sable. Bien carrée. Les jambes allongées bien droit devant elle. Les bouts de pieds retournés vers l'intérieur. Attendant que papa ouvre sa chaise et son parasol. Entre deux ou trois chips, elle mangeait une bouchée de tablette de chocolat qui lui coulait sur les cuisses. Se penchait vers l'avant du mieux qu'elle pouvait, son petit ventre rond faisant obstacle à son mouvement, afin de lécher ses cuisses à grands coups de langue. Elle y arrivait à peine. Utilisait finalement ses doigts poisseux pour essuyer le reste. La grande perche regardait son homme, suant à pleine vapeur, tentant d'aménager leur petit coin de soleil. Et elle soupirait d'impatience. Une main sur la hanche. Faisant la moue. En sandales aiguilles dans le sable. Un immense chapeau de paille posé sur sa broussaille hirsute. Ils étaient le centre d'attraction. Les gens ne voyaient qu'eux.

Mais moi, je ne voyais déjà plus que lui.

Il venait tout juste de passer devant moi. J'avais oublié de mémoriser mes résolutions.

La mer était turquoise, ses yeux aussi.

Le sable était doré, sa peau aussi.

Le soleil était brûlant, mon caramel aussi.

Le premier jour où je l'ai vu, je me suis roulé le caramel dans le sable. Pour l'effrayer et m'empêcher de frayer. Vous avez idée de ce que j'avais l'air. Lorsqu'il est disparu de ma vue, je me suis précipitée dans la mer et y ai avalé une bonne rasade d'eau salée pour me calmer le popotin, mais le mal était fait. Chaque fois qu'il reposait ses yeux turquoise sur moi, je me mirais de bonheur dans mon caramel fondant. Je rêvais qu'il me donne le bouche-à-bouche. Qu'il me mordille comme un bébé requin. Qu'il me

117

contemple comme un barracuda. Chaque jour, chaque minute, il était de plus en plus beau. Plus désirable. Plus bronzé. Plus appétissant. J'avais la vague à l'homme.

Après tout, me suis-je dit, n'étais-je pas en vacances ? N'avais-je pas laissé mon cœur à la maison ? N'avais-je pas appris de toutes mes aventures désastreuses ? Il n'y avait pas de danger. Un petit reflux de caramel ne pouvait que me sucrer le bec. Une petite aventure de rien du tout. Sans danger.

Quand il déambulait sur la plage, toutes les filles s'activaient à se huiler avec frénésie. Se frottaient le corps avec vigueur, entre les minces lacets de soulier qui leur servaient de maillots de bain. Se frottaient encore et encore. En mouvements perpétuels de va-et-vient suggestifs. Ça embaumait la noix de coco à des milles à la ronde. Quand il plongeait dans les vagues, toutes soupiraient en chœur de ne pas être l'écume qu'il venait d'embrasser du bout des lèvres.

Mais oh, bonheur ultime, l'affriolante beauté avait décidé de jeter son dévolu sur ma tendre personne. À moi de profiter de cette belle friandise qui avait quelque chose de plus que mes autres malheurs précédents n'avaient pas. Une adorable bedaine bien rebondie. Une moelleuse et onctueuse bedaine tout confort. Oui, il était rondelet ! Une si belle bedaine. On peut y poser la tête et c'est si confortable. Si doux. On y écoute les gargouillements et c'est si réconfortant. Je sais pourquoi certains hommes aiment tant que nous ayons le ventre creux. Le plus creux possible. Caverneux. Sépulcral. Ils peuvent ainsi y encastrer soigneusement leur rondelette bedaine quand ils s'acharnent à introduire bien hardiment leur bonbonnette dans notre bonbonnerie…

Puis il y a eu ce premier sourire. Deux jours avant mon départ. Enfin. Un sourire charmeur avec de la broue de bière aux commissures. On jouait à la chaise musicale lors d'une de ces entraînantes soirées animées autour de la piscine. Je venais d'être disqualifiée. Je m'étais retirée juste à temps de sous un mononcle poisseux, marinant dans le rhum et le beurre à l'ail, qui tentait désespérément de s'asseoir sur moi. Par pur hasard, mon nouveau bonbon, à qui je n'avais pas encore trouvé de nom, quittait le jeu le tour suivant. Pendant que je m'éloignais, laissant à la traîne un effluve de caramel afin qu'il me suive à la trace, mononcle poisseux noyé dans le rhum remportait la joute et recevait comme prix une belle bouteille de… rhum!

Moi, j'étais déjà bien loin de ce brouhaha naïf et grivois. Dans la caressante poésie du soleil couchant. Je me suis assise sur le sable chaud. Face à la mer. Le caramel en marée haute. Je sentais bien dans mon cou le regard de l'élu de mon ventre creux. Je m'écrivais déjà en tête le plus beau des romans fleur bleue à l'eau de mer, quand il s'est approché de moi, d'un pas lourd, pour demander dans un bel accent *Canadian*…

— *May I sit?*

J'ai sorti mon maigre vocabulaire anglophone d'alors — j'ai appris depuis — pour… lui sourire bêtement. Pour ne pas alourdir le suspense, je vous ferai, sans frais supplémentaires, la traduction simultanée qui s'impose. Inutile de vous dire qu'à partir de cet instant, tout s'est passé au ralenti. Il a posé son appétissant postérieur près du mien. Je lui ai souri encore plus bêtement. C'était vraiment bien parti. J'avais le caramel qui tentait de m'envoyer le mode d'emploi du *Canadian angla* en langue d'origine, mais rien n'y faisait. Je souriais plus bêtement encore. Je ne savais faire rien d'autre. Surtout en anglais. Comment s'y prendre?

Comment lui dire que le satin de sa peau faisait naître en moi des chaînes de montagne de caramel au beurre doré, que la lune claire me permettait de caresser du regard les contours harmonieusement enrobés de son corps charnu et appétissant, que le va-et-vient des vagues m'inspirait la cadence de sa petite chose chaude et sucrée en moi, que les muscles ragoûtants de ses bras et de ses cuisses invitaient à l'athlétisme amoureux dans tous ses ébats savoureux ? Intraduisible même en langage de gestes. Alors pour la énième fois, je lui ai souri bêtement.

Puis, j'ai tenté la question fatidique :

— Parles-tu français ?

Il m'a regardée avec un sourire bête… je vous assure ! Et n'a rien répondu. La bouche ouverte. Il n'avait pas compris. Même pas ces trois mots ! J'ai compris qu'il valait mieux me servir de ma langue à des fins plus utiles et j'ai décidé dès ce moment de me faire comprendre. Je lui ai foutu un baiser gluant et baveux auquel il a répondu avec la sensualité d'un hippopotame. Mais l'important, c'était qu'il semblait tout de même charmé. Il s'est levé. M'a tendu la main. J'y ai glissé la mienne. Moite d'un caramel languissant.

Il m'a prise dans ses bras pour poser sur ma bouche la sienne bien potelée. Un baiser aussi mou que le reste de ses chairs. À vrai dire, il n'avait pas que la bedaine. Tout son corps avait ce confortable moelleux d'une chair bien en chair. Nous avons marché ensuite au bord de la falaise. En direction des chambres. Mon caramel au bord du précipice. Je lui ai désigné ma porte du bout du doigt. J'ai craint qu'il ne sache pas ce que voulait dire « là » ou « ici ». Il m'a souri. M'a embrassée du bout des lèvres et fait signe du regard, l'air de dire : « On y va ? ». Dès que j'ai ouvert la porte de ma chambre, il m'a embrassée de nouveau. Un petit peu moins mollement. Puis, après, d'un regard nerveux autour de lui, il a reculé et m'a fait bye-bye du bout des doigts pour s'éloigner à grandes enjambées. Peut-être ne voulait-il pas consommer notre amour naissant dès le premier soir ? Laisser le caramel reposer un peu pour le savourer à pleine maturité. Il était si beau, il avait les yeux si bleus, il était si, tant tellement… si…

Potelé. Poli. Potentiellement délicieux.

Je n'avais jamais tant… heu quoi donc ?

* * *

Le lendemain matin, je me suis tout de même retrouvée seule à table. Juste à côté, monsieur Saint-Tite filmait chaque bouchée de sa grande perche blondinette. Et chaque silence de son adorable progéniture grossissant à vue d'œil. Mon nouveau bonbon n'était pas là. Et je ne lui avais pas encore trouvé un nom. Mon caramel s'est ratatiné un brin. J'ai quitté ce lieu de débauche alimentaire pour aller vers des cieux plus inspirants, les alentours de la piscine. La monitrice Josée entraînait à l'aquaforme mononcle Rhum de la veille et une joyeuse brochette de mémés aux seins rebondissants. Tout ce beau monde se dandinait au rythme endiablé d'un pot-pourri des succès disco des années passées.

Mais où était donc mon appétissant bonbon ? C'est à regret que j'ai laissé la piscine animée de ce chaleureux spectacle pour me diriger vers la plage. Mon caramel s'effilochait. Je suais des gouttelettes sucrées de tristesse. Et si je ne le revoyais jamais ? Je n'aurais eu le temps que de lui flatter la bedaine-dondaine.

Sur la plage, la même enfilade de filles à la noix de coco faisaient maintenant la vitrine, en vente à rabais. L'œil vicieux. Le bout de la langue sorti. Prédatrices affamées. Plusieurs terminaient leurs vacances le lendemain comme moi et n'avaient encore été dégustées ni par un gourmet, ni par un gourmand, ni même un glouton ! Elles se huilaient en larges rafales visqueuses. Prêtes à se glisser sous l'un ou l'autre. Les yeux clos si nécessaire.

Puis, je l'ai vu. Nageant comme un pro dans les vagues nerveuses. Dans ces eaux infestées de requins. Peut-être que dans un instant, en viendrait-il à combattre un vilain requin blanc de quatre mètres qui errait par là ? J'imaginais mon pauvre bonbon — toujours sans nom — tout émietté à la surface, après avoir été attaqué par une immense mâchoire diabolique. Mon caramel était en train de surir au soleil brûlant. J'allais finir ces vacances en deuil d'amour. Je voyais déjà la première page du journal local : « Une jeune touriste amoureuse perd l'inconnu de sa vie dans la gueule d'un requin vorace. »

Le temps que je m'attarde à la réalité des odorantes poupounes lubrifiées, mon onctueux était déjà sorti de l'eau, m'avait souri en secret et était parti rejoindre sa famille, papa-maman-et-jeune-frérot assis non loin de là.

J'ai passé l'après-midi à tenter de me calciner le caramel à jamais. J'étais jalouse du temps qu'il accordait à ces purs inconnus familiaux.

Et le soir est venu. Le dernier. L'ultime. Je me suis rendue au buffet, me vautrant dans les desserts. Une fois de plus. Dans l'espoir d'apaiser mon caramel enflammé.

Mais il était là. Et j'avais faim. De lui. D'amour. Finis, les desserts sans personnalité. Ce soir, je plongerais dans le rebondi de sa bedaine pour faire le plein. Renflouer mon caramel. Tant pis pour le reste de moi.

Il était là. Assis avec papa-maman-et-jeune-frérot. Encore. Comme un petit garçon qui semblait oublier qu'il avait maintenant plus de 25 ans. Il ne m'avait pas dit son âge, mais je savais bien qu'il était majeur et vacciné, même si son comportement en osmose avec sa maman incitait plutôt à croire le contraire.

Lorsqu'il a levé un regard affamé en ma direction, je lui ai répondu dans un sourire plein de flan au caramel. J'avais le don d'être tellement affriolante !

Et les leçons de mérengué ont commencé. Mon cow-boy préféré filmait sa grande échalote en ratine de velours jaune serin en train de se déhancher comme un éléphant attaqué par des guêpes. Et lui dansait mollement tout en filmant toujours. Caméra à l'épaule. Cinéma-réalité dans toute sa splendeur. À donner mal au cœur aux futurs cinéphiles qui découvriraient leurs vacances. Toutes, toutes, toutes leurs vacances.

Mon Bonbon en cravate semblait soudain passé date. Il regardait dans le vide. Sirotait sa mousse de bière. Le regard dans la vague. Je devais agir avant qu'il ne se noie à jamais dans la nuit. À consommer avant la date de péremption des vacances. Pour le sentiment d'avoir vécu des vacances réussies. Profiter de notre dernière nuit. En amoureux qui ne savent pas qu'ils le sont.

Il m'a regardée. M'a souri. Je me suis avancée. Lui ai fait signe de me suivre en langage de gestes sensuels. Il a hésité un peu. Puis il a jeté un œil en direction de sa maman et s'est faufilé vers la sortie en passant devant moi. Comme un inconnu.

Nous sommes finalement entrés dans ma chambre. En silence. Muets. Il a vite refermé la porte derrière lui. Après avoir jeté un regard hagard dehors. Le fantôme de sa maman le suivait-il ? Il n'avait pourtant plus l'âge depuis longtemps de téter sa génitrice. Petit garçon à sa maman, peut-être ? Le pulpeux Bonbon m'a soudainement sauté dessus. Comme un primate inapte. Posant ses mains partout. Sauf là où il fallait. Des gestes grossiers, maladroits. Pâteux. Comme tout son corps en faux mouvements. J'ai tout de même entrepris d'enlever mes vêtements tandis qu'il faisait de même en se glissant sous les draps avec la fébrilité d'une blatte surprise en pleine lumière. Il s'est hissé sur moi. Avec beaucoup d'efforts. Tentant d'encastrer sa bedaine dans mon ventre creux. J'attendais. Le caramel latent. Dans l'antichambre du bonheur. En *stand-by*. Il tentait de glisser son petit caprice princier dans un condom glissant. Je l'ai aidé. Puis il a de nouveau tenté de glisser son petit fanfaron mollasson dans ma fantaisie veloutée. Mais la vache bravache faisait la nonchalante. Il a tenté tant bien que mal de me mener aux sommets de l'exquisité. Sans succès.

Rien n'y a fait. Patate.

À ce moment-là, je lui ai trouvé son nom.

Bonbon aux patates.

Dans une horde de *Sorry*, il a retiré sa folichonne délinquante. L'a essuyée sur les draps. S'est rhabillé en hâte. Jetant de multiples œillades du côté de l'extérieur. Et m'a laissée là. Le caramel sec et amer.

Je n'ai pas dormi. N'ai pas compris. Et j'ai fait ce que toute femme aurait fait à ce moment-là. Je me suis sentie coupable. Pas assez excitante ? Pas assez irrésistible ? Pas assez appétissante ? Mon caramel se faisait-il vieux ? Une vieille pantoufle de fond de garde-robe ? J'avais la trentaine au bout du nez, le cœur en compote et la conviction alarmante que je ne trouverais jamais un homme, même avec un petit h. Je n'étais plus qu'une boule de caramel glacé, que même un soleil radieux de dernier jour ne pouvait plus réchauffer.

Je me suis ainsi rendue à l'aéroport, avec un arrière-goût dans le caramel.

Je l'ai aperçu faire la file au loin. Départ pour Toronto. Il n'avait été qu'une simple bouchée farineuse dans ma vie. Fade et plate. Mon ventre était encore plus creux. Mon caramel en lambeaux.

Commençais-je à me faire vieille ? Le caramel décrépit. Moche. Un homme — en tout cas il en avait l'apparence — m'avait fait patate dans les bras. Lorsqu'il s'est dirigé vers sa porte d'embarquement, il s'est retourné. J'ai cru voir une larme sur sa joue. C'était peut-être, plutôt, une goutte de sueur.

J'étais humiliée. J'ai baissé les yeux. Une larme de caramel sur ma joue. Au retour à la maison, j'allais me mettre au jeûne. Devenir anorexique d'amour. Me voir à travers le corps. À travers le cœur. C'était fini. J'étais finie.

Jacinthe est venue me chercher à l'aéroport. Quand elle m'a vue, elle s'est mise à pleurer.

— Ah ! Non, pas encore ?

— Ben oui, ça va bien. Trop bien. Qu'est-ce que tu veux que je te dise, je fais pas exprès ! Pis, j'ai une bonne nouvelle.

— Et c'est quoi la terrible bonne nouvelle cette fois-là ?

— Je suis enceinte, on va se marier, je suis heureuse.

— T'es certaine que c'est une bonne idée ?

— Quoi ? D'être heureuse ?

* * *

Quatre années m'ont coulé entre les doigts. Comme de l'eau d'érable qui suinte des arbres au printemps. Qu'on ne récolte pas. Qui disparaît dans le sol d'une terre inondée de neige fondante. Je coulais hors de moi-même. Et je ne tentais même plus de faire attention à moi. J'en ai passé des soirées seule en tête-à-tête avec ma gueule de vieux toffee raboteux. Avec la conviction de ne plus vouloir exister pour personne. Surtout pas pour moi-même. J'en suis même venue à développer une allergie aux hommes. Même les anti-hommestaminiques ne faisaient plus effet. J'avais des pustules de caramel ici et là sur le corps. Je fuyais de partout. La grande débâcle. Une vraie passoire. En pleine exsudation permanente. Voir un homme me sourire me rendait nauséeuse. Caramel âcre qu'on crache avec dédain. J'en faisais des indigestions à répétition. J'étais en pleine névrose de glucose.

Je me sentais tellement seule que je me suis laissée aller à me faire des amies dont je n'avais pas envie. À ce moment-là, mes bonnes *chums* de filles habituelles avaient toutes des hommes dans leur vie qui les rendaient soit trop heureuses, soit pas assez malheureuses. Alors, elles restaient en couple avec ces gars-là qui n'avaient pas l'air d'avoir envie de les laisser.

J'ai rencontré Véronique. Une fille seule de son côté aussi. Avec une vie peuplée de gars qui n'avaient pas le temps de l'aimer parce qu'ils la laissaient tomber trop vite. En fait, c'était chaque fois ce qu'elle tentait de m'expliquer.

Véronique avait beaucoup de mots dans sa tête. Un flot de mots qui se bousculaient. Et un flot d'émotions contradictoires qui les noyaient de larmes. Puis le sentiment d'être seule au monde à vivre les drames qui l'affligeaient. Elle avait besoin d'une oreille. Juste d'une oreille. Qui écoute. Et d'une bouche qui se taise. Surtout pas une réplique qui briserait le cours de ses délires. Alors j'ai acheté un téléphone sans fil avec, en prime, un casque d'écoute. Pour pouvoir continuer à vaquer à mes occupations. Pendant qu'elle parlait. Qu'elle se parlait à elle-même. Je pouvais préparer mon souper, plier mon linge, passer d'une pièce à l'autre selon les différentes activités auxquelles je m'adonnais pendant qu'elle discourait au bout du fil. Elle commençait à peu près toujours de la même façon :

— Allo, Emma, il faut que je te raconte. Ç'a pas de bon sens ce qui m'est arrivé….

Et la tirade se perpétuait une bonne trentaine de minutes. Elle avait toujours rencontré celui qu'il ne fallait pas. Celui qui n'était pas fait pour elle. Celui qui ne savait pas l'écouter. Qui ne saurait pas l'aimer à sa juste valeur. Un égoïste qui ne pensait qu'à lui. Puis, il l'avait laissée tomber, comme ça, du jour au lendemain. Sans qu'elle sache pourquoi. Quelque chose du genre. Parfois, j'en perdais des bouts. Il m'arrivait même de lire. Ça passait mieux le temps. Ou de regarder la télé, sans son, ou très bas, pour qu'elle ne l'entende pas. Puis, à la fin de l'appel, elle me demandait toujours :

— Et toi, ça va ?

Et elle coupait mon :

— Oui… je…

par un :

— Ben, tant mieux. Y a juste à moi que ça arrive toutes ces foutaises-là. Bon, je dois te laisser. J'ai des trucs à faire. On se reparle, OK ?

Et elle me raccrochait la ligne au nez. Un soir, elle m'avait appelée, j'étais au bord de l'une de mes mémorables tentatives de suicide manquées, et elle ne l'a jamais su.

— Toi, au moins, ça va bien…

Véronique n'avait besoin que d'une oreille. Pas d'une amie. À un moment donné, j'en ai eu assez. Et les découvertes technologiques sont venues à mon secours. Un jour, j'ai découvert encore mieux que le téléphone sans fil : l'afficheur !

* * *

Nous étions en 1993. Le siècle allait bientôt se terminer et j'étais encore plus seule que toutes les fois où je m'étais sentie seule. La vie passait. Elle se passait de moi surtout. Je n'étais plus qu'une chique de caramel caoutchouteux sans goût qui me tombait moi-même sur le cœur. J'ai jeûné des jours, des nuits, des années durant… Désert amoureux sans dessert. Sécheresse d'une bonbonnière désaffectée. Ascète asséchée. La mort du cœur. La mort de l'âme. J'ai certainement jeûné pendant des millénaires. Si longtemps que même le temps semblait s'ennuyer en ma compagnie.

Mais pourtant, il y a eu un jour. Un jour bien longtemps après tous ces «jours-là».

Le 19 mars 1993.

Le tant attendu «ce jour-là» qui marquerait les annales de toute l'histoire du caramel mou le plus mou de cette histoire. Mon histoire. J'ai compris ce qui m'était réellement arrivé pendant tout ce temps. Je ne faisais que préparer le terrain. Le moule. Le vrai. Je malaxais mon caramel pour qu'il soit fin prêt pour le vrai moule. Où l'on se moulerait ensemble. Ce moule que l'on jette ensuite pour être certain de n'avoir le produit original qu'en un seul et unique exemplaire. Tout m'apparaissait clair et lisse comme un caramel parfait. Je m'étais seulement ouvert l'appétit avec tous ces autres bonbons. C'est ce que j'ai su. Quand je l'ai vu.

Chocolat

Le raffinement suprême en matière de confiserie.
La cajolerie gustative magistrale. Caressant, onctueux,
suave, doux sur la langue. Irremplaçable pour les enrobages
ou l'alliage à d'autres gourmandises. À 70 % de cacao,
on apprécie même son petit côté amer. Et que dire
du chocolat fourré au caramel ?
Mise en garde : Trop parfait !

Le gastronome Jean-Anthelme Brillat-Savarin disait au XIXe siècle : « Les personnes faisant usage de chocolat sont celles qui jouissent d'une santé plus égale, celles qui sont le moins sujettes à une foule de petits maux qui nuisent au bonheur de la vie. »

La première fois que je l'ai remarqué, c'était au dépanneur. Le comptoir était rempli de péchés sucrés, KitKat, Oh Henry!, Mars, Aero, Coffee Crisp… Un fin filet de caramel m'a coulé des yeux quand je l'ai aperçu. Mon taux glucidique était à son plus bas niveau même si la veille je m'étais offert une gargantuesque fiesta de bonbons mélangés. Je l'ai remarqué malgré moi. Car moi, je n'existais plus qu'en veilleuse depuis bien longtemps. À vrai dire, c'est mon caramel qui a réagi le premier. Malgré sa grande faiblesse. Son côté latent. Presque mort. En état de survie. Soudain, mon caramel a fait son travail. Il a frémi. Doucement, juste sous le plexus solaire. Et j'ai tremblé de partout.

Un ange. J'avais devant moi un ange. Cheveux blonds, pailletés de reflets d'étoiles. En cascades de bouclettes sur ses épaules carrées. Les yeux bleus berceaux de tendresse. La peau satinée presque diaphane. Inspirant l'effleurement. Un Adonis céleste. Six pieds trois pouces de beauté irréprochable. Un émouvant effluve de vie. Un chevalier. Tout sourire. Du sucre pur. Il était là, bien droit, derrière le comptoir de tablettes de chocolat. À servir des gourmandises aux gourmands. Du lait aux mamans. De la bière aux ados. Je ne pouvais imaginer que ce sourire m'était offert. Cette douceur dans le regard. Un baume sur mon cœur. Il regardait en moi.

Et j'ai ressenti à nouveau un frisson sourd, papillonnant. Au plus profond de mes entrailles. Là où je ne pouvais imaginer qu'il restait encore des traces même infimes d'un maigre caramel mourant. Un embryon de sensation. Indicible. Une fine texture caramélique indescriptible. Inconnue. Quelque chose d'inédit. Un goût insolite sur la langue. Mon caramel reprenait du service. Il s'élançait déjà au front. Il ne pouvait carrément pas résister à un tel assaut. J'appréhendais le pire. J'espérais aussi le meilleur. Je n'avais jamais eu cet arôme de bonheur dans le nez. Un frétillement unique de mes papilles gustatives. Un bruissement de l'âme comme une prémonition.

Et si c'était enfin le bon bonbon ?

Chocolat.

Chocolat serait son nom.

Chocolat avait le mot susurré. Le geste juste, bien que timide. Je rêvais de le toucher. De l'admirer durant des heures pour ensuite me perdre dans la tendreté de son amour. En attendant, je passais un temps fou au dépanneur à jaser avec lui. Ou à me taire avec lui. Mais surtout, à rester là. La bouche ouverte dans l'espoir de l'engloutir. À le regarder. À vouloir le lécher de partout. Mon caramel chahutait de désir. J'espérais. J'en doutais tout autant. Je redoutais encore plus. Quand Chocolat posait son regard timide sur moi, il me poussait par contre à me croire le caramel de ses rêves.

J'ai su beaucoup plus tard que de son côté, il s'était long-temps demandé comment une friandise aussi fringante pou-vait désirer se pourlécher de cette timide bouchée de chocolat qu'il était.

Je le sus cinq ans plus tard très exactement. À ne subsister que grâce à ses divines parcelles d'arôme chocolaté qu'il dépo-sait sur mon cœur au compte-gouttes.

Nous avons stagné de désir candide pendant cinq longues années. Avec le même petit goût d'amour naïf sur la langue. Comme un poil qui nous fait zézayer. J'allais au dépanneur chaque samedi pour acheter mon journal et une tablette de chocolat. Question de me faire toujours penser à lui, rendue à la maison. En ce temps-là, tous les télémarketeux du monde n'auraient jamais pu réussir à me vendre un abonnement à *La Presse* même s'ils m'avaient offert tous les stocks des usines de Cadbury de l'univers. Mon plaisir gustatif hebdomadaire résidait dans les quelques instants sucrés que je passais en sa suave compagnie à le regarder vendre des tonnes de confiseries aux enfants cariés jusqu'à la racine. Il avait toujours le même geste souple. Le même sourire câlin. Le même regard enro-bant. Avec, en prime pour moi seulement, le désir dans le coin de l'œil.

Les petites dames ratatinées du quatrième âge lui achetaient toutes les loteries du comptoir juste pour savourer plus longtemps son pudique sourire d'enfant. Les adolescentes pâmées se dandinaient devant lui tels des caniches roses à pompons. Quant aux hommes virils venus chercher leur caisse quotidienne de 24, de vrais mâles tout en muscles autour de la taille, ils le voyaient comme un bon fils à qui raconter leurs extravagantes confidences de pêche et de péchés.

Nous n'avions ni lui ni moi le premier pas facile. Nous étions sur nos gardes. La confiserie bien scellée. La peur de se casser une dent sur l'autre ? Ou simplement la peur de l'autre ?

C'est qu'il y avait aussi de grosses miettes de temps entre nous. Chocolat avait la richesse de la jeune vingtaine, moi la fermeté de la trentaine. Onze années de fermentation entre nous. Ou de maturation. Onze fois la possibilité de tomber 365 fois en amour. Tant de rendez-vous dilapidés au fil du temps. Onze années pétries de mes malheurs amoureux. Le caramel égratigné, lacéré, si fragile encore. Et lui, si bien modelé, si frais, si tentant. Alors qu'il avait l'impression d'être plutôt si chétif. Je me trouvais le caramel bien ridé à côté de son chocolat tout lisse. Il se trouvait le chocolat bien fondant en comparaison de mon caramel bien consistant. Mais en nous moulant l'un dans l'autre, le temps n'allait-il plus avoir d'emprise sur nous ? C'est ce à quoi je rêvais. Ce à quoi il rêvait. Ce à quoi nous rêvions, tous deux, sans le savoir.

* * *

Et il y a eu ce jour exquis.

Ce jour-là.

Le télé-horaire manquait depuis deux semaines dans mon journal. En déposant ce matin-là un exemplaire sur le comptoir, j'ai avisé mon Chocolat irrésistible que je devais vérifier si le télé-horaire s'y trouvait bien cette semaine-ci. Il s'y trouvait, avec Pauline Julien en page couverture. Chocolat m'a murmuré dans un souffle parfumé qu'il allait la voir dans une pièce de théâtre bientôt. Et je me suis répandue sur le comptoir en divaguant : « M'invites-tu ? »

Quelques jours après, nous nous roulions l'un dans l'autre. Nous pourléchant l'un de l'autre. Nous enrobant l'un l'autre. Nous façonnant l'un à l'autre. Le temps avait cessé d'exister. Nous n'étions plus que les deux plus exquises friandises du monde en osmose dans un moule parfait.

Nous sommes restés collés l'un à l'autre. L'un dans l'autre. Sans se lasser. Année après année. Il me badigeonnait de son chocolat. Mordillait mon caramel. Je le léchais des nuits entières. Le tartinais d'amour.

Depuis, les années ont passé. Et passent encore. Sans nous passer sur le corps. Chocolat est mon moule parfait. Je me coule en lui avec bonheur chaque jour.

Je l'ai trouvé. Il m'a trouvée. Nous nous sommes trouvés.

Nous étions heureux au fil d'un quotidien ponctué de ces petites choses de la vie. Il aimait mes pantoufles Mickey Mouse, j'aimais ses boxers agrandis. Je pouvais écouter avec plaisir son ronflement berceur pendant des nuits entières. Il aimait à me regarder dormir la bouche ouverte. Nous allions marcher des heures dans les bois. Faisant parfois derrière un arbre ce que nous aimions faire au lit. Sur la table de cuisine. Sous la douche. Sur le divan. Dans l'auto. Dans la mer. Sur le sable. Dans des ruines. Dans le jardin. Au téléphone. Dans notre tête. Et dans nos rêves. J'aimais l'arôme de son café du matin. Un mariage parfait avec ses effluves de chocolat qui embaumaient notre appartement. Il aimait mon petit baiser sucré lorsqu'il quittait la maison pour le travail. Nous aimions bavarder. Nous aimions être silencieux ensemble. Nous nous appelions quatre à cinq fois par jour. Juste pour entendre la voix de l'autre. Pour nous dire «Je t'aime». Pour savoir que l'autre n'était pas loin. Juste au bout du fil. Même en silence. Toujours là dans le cœur de l'autre. Le chocolat n'est parfait qu'avec du caramel. Le caramel n'est parfait qu'avec du chocolat. L'un sans l'autre, ils se manquent l'un à l'autre.

Nous avions le quotidien heureux. Simple, bienheureux, enrobés de bonheur. Ça sentait la joie de vivre. La maison était parfumée d'amour.

Mon travail m'a amenée à voyager. Chroniqueuse de voyages. Ma mère m'avait dit une année avant de quitter cette terre: «Voyage, ma toupie, voyage. Et si tu deviens un jour, bien que j'en doute, un vieux bigoudis grisonnant en marchette (*n'ou-bliez pas, ma mère a été coiffeuse*), tu pourras t'asseoir devant la porte patio, dans ton *La-Z-Boy* qui craque, à voyager dans tes souvenirs. Ce sont tous ces parfums de souvenirs qui nous gardent en vie. Ce petit goût de sucre joyeux que ça apporte à notre vie rabougrie. Alors, va, voyage, ma toupie, cette richesse-là, elle t'appartiendra jusqu'à ta mort. Et tu pourras toujours recroquer dans tes souvenirs jusque-là.» Alors, je me suis assise avec mon Chocolat d'amour et lui ai demandé ce qu'il en pensait. Il a ouvert son emballage, question de me laisser partir. «Va. Je serai là à t'attendre.»

Et j'ai sauté dans le premier avion. Avec des provisions de chocolat, bien sûr. Toutefois, mon cœur restait toujours auprès de lui. Mon corps ressentait vite le manque de son chaud corps velouté. J'aimais faire le plein de souvenirs, en mémoire de ma mère. Et je donnais le goût aux gens de voyager. En leur parlant de mes rencontres, de cette vieille dame mexicaine si candide qui avait retrouvé son amoureux après soixante ans de séparation, de cette fillette aux yeux ronds devant ma tablette de chocolat au Venezuela, de ce pêcheur joyeux à Grenade qui chantonnait en suçotant des bonbons. Et moi, j'engouffrais des macarons en France, des cornes de gazelle au Maroc, des sprit-sens aux Pays-Bas, de l'arroz doce au Portugal, de l'onctueuse crème catalane (à base de caramel) en Espagne et des makhrouds en Tunisie. Mais ne vous méprenez pas ! Toutes ces exquises douceurs en bouche n'étaient surtout pas des hommes, mais bien de véritables confiseries. Oui, oui ! C'était fini, ces orgies. Chocolat était devenu mon unique source d'approvisionnement glycémique amoureux. Mon caramel ne carburait plus qu'à cette passion éternelle. Finis les étalages de bonbons à la petite semaine. Il n'y avait plus que Chocolat. Je ne me gavais de ces sucres artificiels au loin que pour survivre jusqu'à notre prochaine étreinte. Mon cœur ne battait plus que pour lui. Mon corps ne vibrait plus que pour lui. Un point, c'est tout. Je rentrais à la maison pour mon seul et unique bonbon.

Après des années, la friandise de mon cœur m'ouvrait toujours autant l'appétit. Il était toujours aussi pur. Sucré juste à point. Lisse et doux comme chacune de ses caresses. Il se collait à moi, m'enrobait de ses bras réconfortants et je savais que plus jamais mon caramel ne souffrirait du froid. J'étais au chaud, lovée dans mon Chocolat.

Et j'ai compris que le caramel et le chocolat formeraient à jamais une confiserie indissociable. Je vous l'avoue enfin. Le secret de la Caramilk, c'est nous qui l'avons inventé. Et ne venez surtout pas nous en demander la recette. Le plus que l'on puisse dire, c'est que nous en sommes les ingrédients de base.

Et j'en suis convaincue simplement parce qu'il y a eu un certain soir. Un autre « ce soir-là ».

* * *

L'un des plus beaux moments que mon caramel ait vécu. Quelques instants après un autre moulage amoureux. Il venait de glisser son joyau de bonbon dans ma bijouterie vorace. Nous étions en pleine fusion cosmique. J'étais bien moulée contre lui. Et avec une tendresse onctueuse, il m'a chuchoté alors :

— Tu sais, j'ai jamais tant aimé.

Voilà. J'y étais.

J'avais enfin trouvé l'âme sœur.

Le bon bonbon.

Car moi aussi.

Vraiment. Enfin. Je le savais.

Moi aussi. Là, vraiment, à ce moment-là, je n'avais jamais tant aimé !

* * *

269e réunion des Naïves anonymes.

Tiens donc, nous étions la même petite bande pétillante.

— Pis, ton Daniel ?

— Toujours aussi *cute* et bon amant ?

— Oui, mais il est toujours avec sa blonde. Pourtant, il arrête pas de me dire qu'il va la laisser. Je couche avec lui de moins en moins, maintenant.

— Patrice m'a encore fait la gueule ce matin, parce que j'avais oublié de laver son chandail noir hier…

— (*Les filles en chœur*) et qu'y voulait le mettre pour aller travailler…

— Suzanne, ç'a pas d'allure, ça fait des années que tu nous répètes la même rengaine ! As-tu répliqué cette fois-ci ?

— Oui, à ma façon. J'ai jeté ledit objet noir. Y va le chercher longtemps son maudit chandail !

— Bravo !

— Ben moi, les filles, vous allez être fières de moi, j'ai envoyé promener Nico.

— Ça fait cinq fois que tu nous dis ça, Johanne.

— Mais cette fois-ci, c'est la bonne. C'est que... j'ai rencontré un autre gars.

— Dis-moi pas !

— Il s'appelle David.

— Comme David La Haye ?

— Oh oui, pis aussi *cute*. Et y fait tellement bien l'amour.

— David La Haye ?

— Ben non, mon David !

— Ben, moi aussi j'ai du nouveau. J'ai commencé à corriger mon *chum* sur ce qu'y dit.

— Wow ! Et ça marche ?

— La différence, c'est que maintenant, en plus, on s'engueule. Et y continue encore de me corriger. Et quand j'ai raison, il continue encore de me tenir tête.

— Greg m'a laissée...

— T'es pas sérieuse ? Quand ça ?

— Avant-hier...

— Pourquoi ?

— Je sais pas. Comme d'habitude, y m'a rien dit. Rien du tout. Je suis arrivée à l'appartement et y avait empaqueté toutes ses affaires et y était parti... Je sais qu'y est chez son copain Marc-André. Mais y répond pas au téléphone. Pas un mot. Je sais rien.

— Pauvre toi.

— Ah... Ça va aller. Un petit répit de silence, ça va me faire du bien. Je vais en profiter pour enfin finir d'écrire ma pièce de théâtre. Disons que son passage dans ma vie aura été une bonne source d'inspiration. Y prenait trop de place de toute façon.

Avec son silence. Faites-vous en pas… ça va aller…

— Josiane, vois-tu encore un camionneur?

— …

— Oh… ça va pas, toi?

— …

— Il t'a *flushée*, c'est ça?

— Oui… je l'aimais tellement… (*Elle éclate en sanglots.*) Lui, il était vraiment différent des autres d'avant. Il disait qu'il me trouvait belle. Ça faisait trois ans jour pour jour qu'on se voyait. Je sais pas comment je vais réussir à l'oublier. Je pensais pas que je pourrais aimer un gars autant que ça. C'est tellement dur.

Toutes ont regardé la pauvre Josiane avec tendresse dans un moment de silence affectueux.

— Tu sais que si t'as le cafard, tu nous appelles et on rapplique, OK?

— Oui, merci, les filles, si je vous avais pas…

— Moi, vous voyez, j'ai un chum, la belle maison, la belle piscine, tout pourrait aller bien, mais il se passe plus rien. On n'a pas le temps. On prend plus le temps. Je pense que ça fait trop longtemps qu'on est ensemble. Par contre, c'est facile, pas compliqué, parce qu'il se passe rien de rien. C'est quoi qui est le mieux, pouvez-vous bien me dire?

— Ouais… c'est pas évident tout ça. Et toi, Doris, ton petit toutou, il te suit toujours la queue entre les pattes?

— Je suis partie.

— Quoi?

— Je l'ai laissé, les filles. Je voulais pas vous le dire. Ça fait deux mois. Jugez-moi pas, OK? Je sais, y était super correct, y disait jamais un mot pour me faire de la peine, y me faisais mes petits déjeuners, y passait l'aspirateur mais… je le trouvais monotone. Fade. Y manquait de… tout. En plus, ça faisait des années qui se passait plus rien, ça m'étouffait. Au moins, là, quand je décide d'aller au cinéma, j'ai pas peur qu'y aime pas le film pis qu'y chiale après pendant trois jours. La seule chose vraiment désagréable qui faisait à part être fin, c'était de pas être d'accord avec les choix que je faisais pour les deux. Et c'est ça qui a fini par me tomber royalement sur les nerfs. Là, je suis libre, les filles. J'assume mes choix et je suis tellement bien.

Je regardais mes amies avec le plus beau des sourires. Sans mot dire.

— Puis, toi, Emma ? Y a du nouveau ?

Je leur ai souri encore plus.

— Ah, toi, on sait bien…, avait lancé Doris.

— Ç'a pas d'allure, Emma, t'es rendue tellement plate ! avait ajouté Suzanne.

Et je leur ai répondu bien calmement. Dans un grand soupir de caramel parfait.

— Va falloir vous y faire, les filles, je suis heureuse en amour maintenant, donc, j'ai vraiment plus rien à vous raconter !

MEMBRE DU GROUPE SCABRINI

Québec, Canada
2007